经典儿童文学读本

花朵开放的声音

王家勇 主编

孙幼军 等 著

北方联合出版传媒（集团）股份有限公司
万卷出版公司
2018年·沈阳

ⓒ 孙幼军等 2018

图书在版编目（CIP）数据

花朵开放的声音 / 孙幼军等著. — 沈阳：万卷出版公司，2018.7
（经典儿童文学读本 / 王家勇主编）
ISBN 978-7-5470-4926-6

Ⅰ．①花… Ⅱ．①孙… Ⅲ．①儿童文学—作品综合集—世界 Ⅳ．①I18

中国版本图书馆CIP数据核字（2018）第104958号

本书所涉部分作品版权由中国文字著作权协会代理，电话：010-65978917，传真：010-65978926，E-mail：wenzhuxie@126.com。

出 品 人：刘一秀
出版发行：北方联合出版传媒（集团）股份有限公司
　　　　　万卷出版公司
　　　　　（地址：沈阳市和平区十一纬路25号　邮编：110003）
印 刷 者：辽宁星海彩色印刷有限公司
经 销 者：全国新华书店
幅面尺寸：170mm×240mm
字　　数：165千字
印　　张：15
出版时间：2018年7月第1版
印刷时间：2018年7月第1次印刷
责任编辑：张雪娇　张洋洋
责任校对：高　辉
装帧设计：张　莹
ISBN 978-7-5470-4926-6
定　　价：28.00元
联系电话：024-23284090
传　　真：024-23284448

常年法律顾问：李　福　版权所有　侵权必究　举报电话：024-23284090
如有印装质量问题，请与印刷厂联系。联系电话：024-22743334

富于梦想和希望的儿童文学

梦想和希望是儿童文学的永恒主题,梦想是儿童文学叙写的对象,而希望则是儿童文学营造的目标,由于儿童文学的纯净特性和幻想气质,本就带有极强主观性色彩的梦想和希望几乎成为了众多儿童文学文本中的主体,它们恣意地、自由地徜徉于儿童文学所栖居的诗意大地上,尽最大努力为孩童们构建一个完美的"黄金时代"。每当我浏览《经典儿童文学读本》所选的这些篇目时,我的脑海中就会不自觉地闪现一幕幕的场景,仿佛我已成为这些故事中的一个角色、一个道具甚至一个微不足道的小物件,陪伴着读者一起笑、一起哭,一起体悟人生百味。

我想这也许就是儿童文学的巨大魅力吧,因为儿童文学是富于梦想和希望的,同时儿童文学也能够赋予孩子们梦想和希望。在儿童文学中,我们可以肆无忌惮地重温童年,可以尽情地享受父爱母爱,可以无拘无束地拥抱大自然;在儿童文学中,我们可以游走在真实的现实世界中,也可以徜徉于天马行空的幻想世界里;在儿童文学中,我们是神、人、魔鬼、巫师、动物、植物甚至是无机物,我们无所不在、无所不能;在儿童文学中,我们读懂了智慧、勇敢、忠诚、舍得这些优良的人格品性;在儿童文学中,我们学会了成长的意味,成长绝不像我们想象和经历得那么简单，它不但有汤姆·索亚成长路上的自由和快乐，也有曹文轩、薛涛笔下那充满苦难、伤痛和委屈的成长历程；在儿童文学中，一部分篇章是将美好、理想、梦想和希望直接呈现在我们面前，它们故事明快、感情浓烈，极易引发读者的共鸣，而另一部分篇章则会向我们呈现世界的另一面：虚伪、狡诈，充满欺骗……可正如著名儿童文学理论家刘绪源所说："当文学对现实人生表示不满，当作品充满深刻的忧虑，并在这忧虑之中渗透了渴望的时候，文学不就已经满载着憧憬，不就已经满载着关于未来的并不虚妄的'梦'了吗？"的确是这样的，儿童文学不做消极悲观的代言者，但也决不做粉饰虚假太平的谄媚者，这就是儿童文学的良知和大美之处，同时也是儿童文学富于梦想和希望并能赋予孩子们梦想和希望的根源所在。儿童文学几乎是"万能"的。

  这套丛书中的上百篇儿童文学作品，不仅仅是给儿童阅读的，也是给成人的。因为这些作品中有着极为丰富的人生经验、生活哲理和思想价值，我们读到的不仅是故事，更是故事背后所蕴含的深意。曹文轩曾说道："孩子是民族的未来，儿童文学作家是民族未来性格的塑造者。"我则希望儿童文学不但可以塑造儿童，亦可塑造成人。另外，书中很多篇章都配有"牵手阅读"，这既是一种编辑、家长与儿童间的陪伴牵手，也是一种作品与读者间的灵魂牵手，这些"牵手阅读"并不是要教人们如何阅读，而是一种陪伴和交流，我期盼在这个过程中，我们能够一起回味美好的童年、一起迎接有梦想和希望的未来。

王家勇

目录

在童年的窗外走过

- 003　小抄写员　　　[意]亚米契斯　米诺 译
- 009　童年的馒头　　聂作平
- 011　混合空屁球　　梅子涵

成长这件小事

- 017　一天的等待　　　[美]海明威　成毓 译
- 022　罗文应的故事　　张天翼
- 033　荒火的辉煌　　　常新港
- 039　汤姆·索亚历险记(节选)　[美]马克·吐温　夏岚清 编译

犯了错误怎么办

- 045　怪雨伞　　　孙幼军
- 052　小狐狸阿权　[日]新美南吉　朱芳芳 译
- 061　猫　　　　　郑振铎

记忆中的童谣

- 069　小耗子上灯台
- 069　外婆桥
- 070　小熊过桥
- 071　种西瓜
- 071　落　叶
- 072　肥皂泡

穿行在魔法世界

- **075** 猎人海力布　　佚名
- **078** 电话大串线　　周锐
- **084** 野葡萄　　葛翠琳

你说好笑不好笑

- **099** 一对蝈蝈吹牛皮
- **100** 真稀奇
- **100** 老鼠拉个大狸猫
- **101** 颠倒歌
- **102** 错了歌

智慧在古老的故事里呈现

- **105** 少了一个马掌钉　　范庆华 译
- **107** 穷人的沉默　　佚名
- **109** 一块烫石头　　[苏] 阿·盖达尔　成建 译

爱的能量有多巨大

- **117** 费鲁乔和奶奶　　[意] 亚米契斯　米诺 译
- **123** 背　影　　朱自清
- **126** 小酒桶　　[法] 莫泊桑　爱秋 译
- **133** 桥边的老人　　[美] 海明威　夏洛 译

童诗小花园

- **139** 生活的颜色　　曾卓
- **141** 花朵开放的声音　　金波
- **142** 飞鸟集(节选)　　[印] 泰戈尔　郑振铎 译

动物也会有衷情

- 149 美丽的孔雀蛾　　[法]法布尔　樊成龙 译
- 152 夜莺与玫瑰　　[英]王尔德　林徽因 译
- 160 信鸽阿诺　　[英]西顿　李详 译

风中飞舞的歌谣

- 171 蒲公英
- 171 小蜻蜓
- 172 小燕子
- 172 雁
- 173 雪　花

另一个世界精彩吗

- 177 到你心里躲一躲　　汤汤
- 189 打火匣　　[丹麦]安徒生　叶君健 译

住在诗歌里面

- 201 黄　鹂　　徐志摩
- 203 孩子夜里的幻想　　[英]罗伯特·斯蒂文森　屠岸,方谷绣 译
- 205 我是一个可大可小的人　　任溶溶
- 207 纸　船　　冰心

亲近自然好不好

- 211 小溪流的歌　　严文井
- 216 故都的秋　　郁达夫
- 220 花的学校　　[印]泰戈尔　郑振铎 译
- 222 内蒙风光（节选）　　老舍
- 230 林下的小语　　戴望舒

在童年的窗外走过

童年似一杯浓浓的咖啡，暖到你心窝；童年似一杯淡淡的清茶，滋润你心田；童年似暴风雨后的彩虹，五彩斑斓，绚丽无比；童年又似那晚霞后的余光，色彩奇艳，缤纷万状。童年，像是一个五彩斑斓的梦，插着一双可爱的翅膀飞过整个蓝天；又像是一个生活的调料包，酸甜苦辣咸，样样俱全。

小抄写员

[意]亚米契斯 米诺 译

十二岁的朱利奥上小学五年级。他父亲在铁路做雇员,一家人生活非常拮据。父亲对长子朱利奥百事依从,只是在学校功课方面,非常严格。父亲希望他从学校毕业后,能找到好工作,帮助改善一家的生计。

父亲除了白天在铁路工作以外,每夜又要抄写文件到很晚。某杂志社托他写寄给订户的封套,要用正规的大字写,每五百条可以挣三个里拉。他经常向家里人抱怨:

"我眼睛越来越不行了,这要缩短我的寿命呢!"

有一天,朱利奥对他父亲说:"我来替你抄写吧,我能写得和你一样好。"

父亲总是拒绝:"不行,功课是大事,就是剥夺了你一小时的时间,我心里也过意不去。以后不要再说这样的话了。"

朱利奥独自在心里想办法。一天晚上,朱利奥等父亲睡了,悄悄地穿好衣裳,蹑着脚步走进父亲写字的房间里,把油灯点亮,模仿着父亲的笔迹写起来,心里既高兴又有些恐惧。他侧耳听着动静,怕父亲起来看见。写到一百六十张,可以赚一个里拉了,才熄了灯,回去睡觉了。

第二天,父亲一点都没有察觉。他每夜只是机械地抄写,十二点钟一敲就停了笔,早晨起来数一数罢了。午餐时,父亲乐呵呵地拍着朱利奥的肩膀说:

"朱利奥!你父亲还没有那么老呢!昨晚两个小时比平常多写了三分之一。我的手还很灵活,眼睛也还没有花。"

朱利奥心里很快活,他想:"可怜的父亲!我这样做,不仅能帮他多赚点钱,还能使他觉得自己还没有老。以后就这样帮他写下去吧。"

第二天晚上,到了十二时,朱利奥又起来工作。这样过了好几天,父亲依然不知道。只是有一天,父亲在晚餐时说:"真奇怪!灯油突然用了很多。"朱利奥心里一惊,仍旧每夜起来继续抄写。

朱利奥渐渐睡眠不足,总觉着疲劳,晚间复习功课总打瞌睡。有一天晚上,他竟然伏在桌上睡熟了。

"朱利奥!用心做功课!"父亲对他叫道。朱利奥这才醒来继续用功复习。可是接下来几天的晚上,又发生了同样的事情,而且每况愈下。父亲屡次严肃地提醒他,有一天早晨,终于生气地对他说:

"朱利奥!你真对不起我!你要记住,我们一家的希望都在你身上呢!对你的表现我很不满意!"

朱利奥有生以来第一次受叱骂,心里想:"不继续做了,到此为止吧。"

这天晚餐的时候，父亲很高兴地说："这个月比上个月多赚了三十二里拉呢。"朱利奥听了，重新振作起来，自语道："可怜的父亲！我还得继续瞒着您。为了您和全家人，夜里我还得继续工作啊。"父亲接着说："多赚了钱，我确实高兴，只是这孩子……却让我很失望啊！"朱利奥默然受着责备，忍住眼泪，心里却觉得无比甜蜜。

朱利奥晚上仍拼命工作，愈加疲劳。这样过了两个月，父亲仍叱骂他。有一天，父亲到学校去找老师了解孩子的学习情况。老师说："他的成绩还是很好，但却不那么有学习热情了，总是打哈欠。精神也不能集中，叫他写作文，他只是匆匆写了一点就

交了卷子。他本来可以学得更好的。"

那天晚上,父亲以更严厉的态度对朱利奥说:

"朱利奥!你知道我拼命工作多么辛苦吗?而你学习那么令我失望,对得起你的父母和兄妹吗?"

"请不要这样说!父亲!"朱利奥含着眼泪说。他正想把这两个月的实情都说出来,父亲又打断了他:

"你应该知道家里的境况。我不是加倍努力地工作吗?"

朱利奥把要说的话咽了下去,自己在心里反复地说:

"还是不说的好,继续暗中帮父亲工作吧。一定要用功学习,顺利通过考试。但最要紧的是要减去父亲的负担。"

又过了两个月,儿子仍继续做夜工,白天疲劳不堪。父亲见了他就动怒,对他渐渐冷淡,最后甚至不愿看见他。朱利奥心里十分痛苦,他愈加衰弱,学习上愈加力不从心了。他每晚都对自己说:"从今夜起,不再半夜起来抄写了。"可是,一到十二点钟,刚下的决心又动摇了,好像不起来抄写,就是逃避自己对家庭的义务,于是,他就又爬起来。他认为父亲总有一日会起来看见他,或者在数订单的时候偶然发觉他的作为。

有一天晚餐的时候,母亲觉得朱利奥的脸色比往常更憔悴了,说:

"朱利奥!你是不是病了?你看看他脸色青得……"说着又忧虑地看着丈夫,想让他关心孩子一下。

父亲向朱利奥瞟了一眼:"即使有病也是自作自受。以前他是个好孩子的时候,身体就不这样。"

"但是,这不是因为他有病的缘故吗?"

"我早已不管他了!"

朱利奥听了心如刀割。"啊！父亲！没有您的爱我活不下去啊！……请您不要这么说，我……我还是说出来吧。只要您能再爱我，我一定比从前更加倍地用功。这次我可真要下决心了！"

那晚他起来去做最后的告别。他进去点了灯，见桌上一堆空白的订单，心里有些难过，觉得以后再也不会在这里填写姓名和地址了。于是就情不自禁地拿起笔开始写了。忽然不小心把一本书碰掉了，满身的血液突然集中到心脏：如果父亲现在醒了，看见了我，母亲也会被惊醒，并且，如果现在被发觉，父亲对于这几月来对我的态度，不知要怎样懊悔和惭愧啊！他竖起耳朵，屏住呼吸静听，并无什么声响，这才放心继续抄写。

其实这时，父亲早已站在他的背后了。父亲从书落地时就惊醒了，他一直等待着进入房间的时机。满头白发的他，正俯身看着朱利奥，那钢笔头在订单上飞快地移动着。这一刻，父亲对几个月来发生的一切恍悟了，胸中充满了无限的懊悔和怜爱。

朱利奥忽然觉得有一双颤抖着的手臂紧紧地抱住自己的头，不禁"呀"的一声叫了起来。他听到父亲的抽泣声，转过身来抱着父亲说：

"父亲！请您原谅我！"

父亲含着泪吻着儿子的额头说：

"不，应该是你原谅我！我全都明白了！我真对不起你！快来，我的好孩子！"说着带朱利奥到他母亲床前：

"快吻我们的小天使吧！他几个月来竟睡也不睡，为一家人赚买面包的辛苦钱！我却那样不停地责骂他！"

母亲起身紧紧地抱住了朱利奥，几乎说不出话来。最后，她说：

"我的孩子!快去睡吧!"又向着父亲说:"你快把他抱到卧室去!"

父亲把他放在床上,替他放好枕头,盖上被子。

朱利奥说了好几次:

"父亲,谢谢您!请您快去睡吧!"

父亲仍坚持伏在床旁,等儿子睡熟,拉着儿子的手说:

"睡吧,我的孩子!"

朱利奥因为疲劳过度,很快就睡着了。几个月来,直到今天才能好好地睡一觉。这一晚,他做了许多快乐的梦。早晨醒来时,太阳已经升得很高了,忽然发现父亲那满是白发的头靠在床边。原来父亲就这样睡了一个晚上!

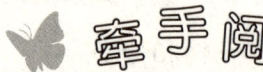

牵手阅读

父子之间的感情是宽广博大的。记得有人说过:"一个人爱别人,同时也被别人爱,那么这是人间最幸福的事情。"难道不是吗?朱利奥因为爱父亲,甘愿忍受委屈。他把一切埋在心底,因为他爱爸爸,爸爸也爱他。孩子虽然小,但有着一颗甚至比大人还敏感的心,渴望承担责任。而我们大人却仅凭着自己的经历、经验来判断和定性,时常会误解、曲解孩子,让孩子幼小的心灵感到委屈。本文虽然没有用华丽的词语去修饰,但是文中每一个字、每一句话都包含着深深的情谊,让人感受至深,有时甚至热泪盈眶。

童年的馒头

聂作平

如今的幸福时光使我欣慰,不过有时心底也会泛起一缕儿时的苦涩。那时候,家里穷得叮当响,娘拉扯着我和弟弟。我在十里外的村小上学,六岁的弟弟在家烧火做饭,背着那个比他还高半截的竹篓打牛草,娘起早贪黑在地里干活。家里就那一亩多地,日子清贫得像一串干枯的空笼花。

有年"六一",学校说是为庆祝儿童节,每个人发三个馒头。我兴冲冲地对娘和弟弟说:"明天我们学校发馒头,弟弟一个,娘一个,我一个。"弟弟笑了,娘也跟着笑了。

那天,学校真的蒸了馒头,开完庆祝会,手里多了片荷叶,荷叶里包了三个热腾腾的馒头。

回家的路上,我看着手中的馒头,口水一咽再咽。肚皮饿得咕咕响。吃一个吧,我对自己说,于是先吃了自己那个。三两口下去,嘴里还没品出什么味,馒头可就被我消灭了。又走了一段,口水和肚子故伎重演,而且比刚才更厉害。咋办?干脆,把娘的那个也吃了,给弟弟留一个就是。娘平时不是把麦粑给我和弟弟,她只喝羹吗?娘说过,她不喜欢麦粑!

等我回家时,呆呆地看着手中空空的荷叶,里边连馒头屑也没一星了。我不知是怎样进屋的,怎样躲开弟弟的目光,娘笑笑没吭声。

呆立间,同院的二丫娘过来串门,老远就嚷嚷:"平娃娘,平娃娘!你家平娃带馒头回来了吗?你看我家二丫,发三个馒头,一个都不舍得吃。饿着肚皮给我带回家了!"

娘从灶房抬起头,"这不,我家平娃也把馒头全带回来了!你看嘛——娘说着打开锅盖,锅内奇迹般地蒸着五个白中带黄的大馒头!你看,人家老师说我家平娃学习好,还多奖励了两个呢!"

二丫娘看看我,我慌乱地点点头……

那天晌午,娘把馒头给我和弟弟,淡淡地说:"吃吧,平娃,不就是几个馒头吗?"弟弟大口大口咬着馒头,我却哇地一声哭了。

后来,我发现就在那一天,我的童年结束了。

混合空屁球

梅子涵

我们每次踢足球,球都是杜家严带来的,因为他爸爸总是给他买新的足球,所以不是他带那还有谁带?他如果遇上不高兴的事情了,就会说,我明天球不带来了!这时,我们就肯定傻眼,因为如果明天球不带来,那么我们踢什么?明天如果踢不成足球,那么明天来上学还有什么意思?不过,他说话从来不算数,今天说,我明天不带来了,可是到了明天,又带来了,所以他现在再这样说,我们已经不再傻眼了。

但是今天,他真的没有带球来。我们说,你真的没有带球来吗?他说:"那当然,你们以为我会说话不算数吗?"他没有带球来,好像比他带球来还要神气,我们一点办法也没有。

林晓琪说,他有办法,就跑回家去拿来了一个网球,说:"我们今天踢网球。"

网球很小,踢起来可不像足球那么容易,明明就在脚边,可是一脚踢出去却是空屁。有时甚至踢来踢去老是空屁。不过这样也很好玩，踢着踢着我们就开心得要发疯了。我们发现，踢空屁比踢球好玩得多了。

杜家严在一边看傻眼了。他一定没有想到，除了踢足球，还可以踢网球。踢足球，空屁是很少的，可是踢网球，有这么多空屁！还用怀疑吗？他肯定也想和我们一起踢了，但是他怎么好意思说呢？他就转身跑掉了。原来他是回家去拿足球了。他气喘吁吁地抱着足球跑回来，说："我足球拿来了，我们来踢足球好吗？"这时候我们已经踢网球踢得开心得不得了了，所以没有人理睬他。

我们不理睬他，他只好自管自地踢起了足球。他往墙上踢，球从墙上弹回来，然后再往墙上踢，球再弹回来。他一个人假装盘球、带球，假装就好像有好几个人在拦住他似的，左冲右冲，其实根本没有人拦他，是他自己在假装。如果真的有好几个人拦他，他还左冲右冲什么？肯定还没有等他盘一下，球就已经给人家抢走了，因为他的球踢得糟糕极了。一个人，爸爸总是给他买新的足球，可是还是踢得那样糟糕，真是想也想不出这是什么道理。他还想出了一个更加有趣的办法，对着墙上踢一脚，等到球弹回来了，他就守门。他还猛地往地上一扑，把球抱住，假装别人踢不进球门。

他除了没有想到要假装踢空屁，其他好像都想到了。

不过踢了一会儿，他还是觉得没有劲了，又对我们说："我们来踢足球吧。"

林晓琪说："你不要烦我们了，踢网球比踢足球好玩！"林晓琪这样说不是为了气气他，而是踢网球的确很有趣。

汪小中想出了一个主意："我们网球和足球一起踢。"这一下别说杜家严高兴极了,我们也高兴极了。

网球和足球一起踢,你正在踢足球,可是这时网球滚过来了,你说你能不理睬网球,只踢足球吗?你当然不可能不理睬网球只踢足球,那么就要跑过去踢网球,可是一踢网球,那足球又怎么办呢?足球肯定就要被别人抢过去,可是你怎么可能同意足球被别人抢掉呢?结果你就既想抢到网球,又想足球不要被别人抢掉,你说该让你怎么办吧。

我们本事越来越大了。我们干脆一只脚踢足球,一只脚踢网球,刚飞起一脚把足球踢走,又飞起一脚踢网球,但是踢网球飞起一脚是很危险的,因为如果弄不好,会把网球踢得找都找不到。

汪小中是守门员,他既要守网球,还要守足球,如果网球和

足球同时踢到门口了,那么你让他守哪一个好?我看他简直顾也顾不上了,而且,他再也不能跑出来踢,一边踢,一边守,否则他本领也太大了。

踢网球空屁很多,守网球空屁也是一样多的,你根本还没有看见球在哪儿呢,但是球已经被踢进了。所以守网球肯定比守足球紧张多了。汪小中从来就没有这样紧张过,他一定是害怕守一个空屁,可是就在他担心会守了一个空屁的时候,结果踢的人又踢了一个空屁。这真是好玩极了。

汪小中任何一次都没有守得像今天这样快乐无比。

我们也都快乐无比。最后,果然,网球被飞起一脚踢得不见了。林晓琪说,他爸爸要骂他了,因为网球是他爸爸的。

不过我们不用担心,因为飞起一脚的正是林晓琪他自己。

牵手阅读

说起童年,每个人都有许多滑稽、有趣的事情,本文就为我们截取了童年生活中的一个有趣的小片段——踢空屁球。作者将童年中的故事原汁原味地展现在读者的面前,表现了孩子们纯真无邪的童心。

成长这件小事

岁月流逝,童年时代已经成为一支色彩斑斓的书签,匆匆插进生命中的每一页。无忧无虑的我们总是幼稚地认为人生的道路是一帆风顺的,总是执着地相信命运的公平。然而,随着年龄的增长,生活的波澜开始荡漾,烦恼也随即撞开了我们的心灵之门,闯进了我们的生活。

一天的等待

[美]海明威　成毓　译

他走进房间关窗时,我们还没有起床。我发现他好像生病了,浑身发抖,小脸惨白,站都站不稳,仿佛动一下就会疼痛至死。

"你哪里不舒服,宝贝儿?"

"我头疼。"

"赶快躺床上休息。"

"不,我没事儿。"

"你先回自己的床上躺着,我穿好衣服就去看你。"

可是等我下楼的时候,他却穿好了衣服,坐在火炉旁。九岁的他看上去又虚弱又可怜,我摸了摸他的额头,很烫。

"还是上床躺着吧,"我说,"你发烧了。"

"我没事儿。"他说。

医生很快来了,给他量了体温。

"多少度?"我问医生。

"一百零二度。"

下楼后，医生给开了三种药，是三种不同颜色的胶囊，并细心交代如何服用。一种是退烧药，一种是止泻药，还有一种是抗酸药。医生解释说，流感病菌只有在酸性环境中才能存活。他似乎对应对流感很在行，并说发烧只要不超过一百零四度就不会出大问题。孩子只是轻度流感，只要当心别引起肺炎，就没有什么危险了。

我回到房里，记下孩子的体温和吃药的时间。

"要不要我念书给你听？"

"好的，您想念就念吧。"孩子说。他小脸发白，还有浓重的黑眼圈。他静静地躺在床上，似乎对周围发生的一切都漠不关心。

我大声读起霍华德·派尔的《海盗故事》，但我看得出他根本没有听。

"现在感觉怎么样，宝贝儿？"我问道。

"目前为止，还是那样儿。"他说。

我坐在床尾，自顾自地念着书，等着到时间再给他吃另一种药。一般这个时间他应该睡着了，可是我抬头一看，他正神情古怪地盯着床脚。

"怎么还不睡呢？吃药的时候我会叫醒你。"

"我情愿醒着。"

过了一会儿，他对我说："爸爸，要是您觉得麻烦的话，就不用在这儿陪我了。"

"不麻烦。"

"不，我是说，如果这事会让您觉得烦的话，您就不用待在这里了。"我以为他被烧得头脑发晕了，十一点按医嘱给他吃完药，我便出去了。

外面的天气有些寒冷，空中下着雨，零星地还飘着雪花，雪花飘洒到地面，形成一层薄薄的冰，所有那些光秃秃的树木、灌木丛、被修剪整齐的树枝、草坪，还有空地，似乎都被笼罩在寒冰里。我牵着一只小爱尔兰猎犬出门，沿着大路和一条结了冰的小溪散步，可是，要在光滑的冰面上站立和行走，的确是件很困难的事。小猎犬连跌带滑，一路趔趄，我也摔倒了两次，猎枪都被甩了出去，在冰面上滑得老远。

一群鹌鹑躲在悬着树枝的高高的堤岸下，被我们惊飞了，我立刻举枪打下了两只。有几只仍然待在树上，其他大部分都散布在灌木丛中。要想把它们赶出来，你得在生长着灌木丛的土地上蹦几下。结果，当我在这些又滑又有弹性的树枝间摇晃，还没站稳时，它们又飞了出来，想打中可真不容易。我击落了两只，飞跑了五只。不过，我在准备回家时，在离家不远的地方又发现了一群鹌鹑，不禁沾沾自喜，还有这么多的鹌鹑，改日再来寻觅猎捕。

当我回到家，家里人告诉我孩子不让任何人进他的房间了。

"你们别进来，"他说，"千万不要被我传染。"

我走到他身边，发现他还保持着我离开时的那个姿势。他面色苍白，但两颊却被烧得通红，眼睛依旧一动不动地盯着床脚。

我又给他测了一次体温。

"多少度？"

"一百来度吧。"我说。其实是一百零二度四分。

"刚才是一百零二度。"他说。

"谁说的？"

"医生。"

"你的体温没事,"我说,"别担心。"

"我不担心,"他说,"可是我忍不住要去想。"

"不要想。"我说,"放松点儿。"

"我很放松。"他说着,眼睛直直地盯着前方。显然,他在努力克制自己。

"喝点水,把药吃了。"

"您觉得吃这药会有用吗?"

"当然。"

我坐下来,打开《海盗故事》,读给他听,但看得出,他的心思根本不在这上。于是我停了下来。

"我大概什么时候会死?"他问道。

"什么?"

"我还能活多久?"

"你不会死。你到底是怎么了?"

"哦,不,我会死的。我听到医生说我已经发烧到一百零二度了。"

"人发烧到一百零二度是不会死的,真是个傻孩子。"

"我知道会的。在法国的学校里,同学们告诉我,发烧到四十度就不能活了。我已经一百零二度了。"

原来从早上九点起,整整一天时间,他都在等死。

"你这可怜的孩子,"我说,"哦,可怜的傻宝贝儿,这就像英里和公里的问题。你不会死的,那是不一样的温度计。用那种温度计测,三十七度是正常体温。而用这种温度计测,九十八度是正常体温。"

"是真的吗?"

"真的。"我说,"这就像英里和公里的换算一样。你知道,就好像我们的车开了七十英里,该换算成多少公里呢?"

"哦。"他说。

他紧盯着床脚的目光渐渐地放松了,一直绷着的那股劲儿也终于缓了下来。第二天,他轻松极了,还因为无关紧要的小事儿大哭大叫起来。

 牵手阅读

　　成长无关身高,成长无关年龄。成长代表着坚强,代表懂了许多,代表不会再轻易流眼泪,甚至可以坦然面对死亡。本文为我们讲述了一个九岁的孩子误以为自己即将死亡的故事。作者塑造了一个勇敢的、敢于直面死亡的"小男子汉"形象。在海明威的眼中,勇敢的特征是面对死亡能控制自己的情绪、保持平静并且毫不畏惧。这个九岁小男孩显然做到了。

罗文应的故事

张天翼

六年级的同学们和几位解放军叔叔交朋友,常常通信。第二小队队员们有一次写去一封信,信上讲到了罗文应的事情,是这样写的:

叔叔们:

收到你们的信,我们高兴极了。

你们说:"罗文应进步了,入队了,真是一个喜讯。这是你们给我们的一份最好的礼物。"

我们读到这里,欢喜得把罗文应抬了起来。罗文应又是笑,又是眼泪直冒。

上次我们和你们会面的时候,刘叔叔问罗文应为什么还不入队,罗文应脸上热辣辣的。那时候他申请过,没有批准:他功课不好。

那时候罗文应其实就已经有了这个远大的理想:将来要像叔叔们一样,当人民解放军。同学们给他提意见:

"罗文应，解放军叔叔不是说过的吗：你现在一定要听老师的话，好好学习，还要把身体锻炼好。"

罗文应看了同学们一眼，心里想：

"嗯，将来——你们瞧吧。"

意思是说，将来他一定搞好学习，锻炼好身体。可是今天——今天已经星期六了。刚要用功，又马上会遇到假日。不如从下星期一起吧。

到了星期一。下午放学回家，罗文应走得很快。他打定主意不再像往日那样——往日总得逛上那么四五小时才到家，一面吃着替他留下来的饭，一面又要防备挨妈妈说。今天一定按时回家，晚饭后的时间就可以好好分配一下了。罗文应一路上打算着：

"我得把算术题都答出来，整整齐齐写在本子上，星期日就带给解放军叔叔去看。'叔叔,我将来能不能学炮兵？'——'能！'错不了！"

罗文应想得很兴奋,就胸部挺出，大踏步走进市场里去了——不知不觉走了进去的。

他在市场里一共花费了两个多钟头。他忙得什么似的：参观了许多许多商店，连瓷器店他都仔细看过了。又在一个摊子旁边观察那些陈列着的小刀子。他恨不得试一试，看这些小刀究竟有没有赵家林的那一把快。而他研究得最久的，是玩具店门口的那一盆小乌龟。

"回去说服妈妈，让妈妈给妹妹买一个吧。我应当照顾妹妹……"

可是罗文应觉得整个市场突然一下变了样子。他吃了一惊。

他从那个盆子上面抬起头来一看,原来电灯都亮了。

"啊呀,可了不得!"他赶紧站起身来就走,"今天又迟了!"

拐进胡同,罗文应越走越快。他决计要好好做功课。

"解放军叔叔那么关心我呢。我争取入队,一定……"

忽然他听见"啪嗒"一声,响得很脆。

"咦,谁在那儿打克郎球?"罗文应朝一家糖食铺里瞟了一眼。他觉得这一瞟还不够分明,就索性停下来瞧了一瞧。

唉,没有办法!这一局克郎球——罗文应非看下去不可,因为有一个"飞机"正呆在角落里,怎么也不肯动。那个打球的是个大个儿,很吃力似的打了一杆:没中。

罗文应等着那大个儿轮到打第二杆:还是不顶事。

罗文应非常着急。真要命,别人还得赶回家吃晚饭,吃了晚饭还有八道算术题,一张大字呢!可是那大个儿轮着打了五杆,偏偏都落了空!第六杆呢,又放下那个"飞机"不管,打别的去了。因此罗文应不得不老是等着。罗文应就常常遇到这一类不能解决的困难。

就这样,罗文应很晚才回到家里。他赶快扒了几口饭就算完事,唯恐耽误了复习时间,也就不管这样的吃法合不合卫生了。

"你又到哪里去?"妈妈看见他把筷子一放就往外走,惊异地问。

"我去买大字本子。"

"怎么,你放学回家的时候没有买?"

"我没有工夫呀,妈妈。"

这个星期一又像往日一样:到了该睡的时候,罗文应还在对着第二道题目发愣,又疲倦,又焦心。还是明天早晨再做吧。他这就一面看看画报,一面写写大字,忙到十一点钟才上床。第二天起得晚了,睡眠可还是不够,上课直打瞌睡。妈妈说他:

"你看你!谁叫你贪玩的!"

"贪玩?"罗文应红着脸,噘起了嘴。"难道我玩得舒服吗?我心里可生气呢。"

真的,罗文应就是玩也没有玩好。

我们跟他谈过:

"你光想着将来当解放军,现在可一点也不准备,一天一天挨过去,把时间浪费掉了,那还行?"

"谁说行?"他低着头,两只手卷弄着衣角。"周老师告诉我时间要节约。我们一分钟一秒钟都该好好计算着用,这我知道。可是不知怎么着,一个不留神又犯了老毛病。"

我们决定帮助他:

"罗文应,我们来集体复习吧。我们五个人都到李小琴家里去做算术题,你赞成不赞成?"

"下星期起吧?"

"今天起。"

"好,今天起就今天起!赞成!"

大家都很高兴。罗文应也不愁眉苦脸的了。

那天放学,我们派赵家林一直送罗文应到家。两个同学分手的时候,赵家林提醒一句:

"六点半钟以前!——记着!"

"知道,知道。"

"罗文应,"赵家林走了两步又回头,"吃了饭就走,别上别处去……"

罗文应觉得赵家林什么都好,可就是有点儿啰唆:

"啊哟你真是!保你一分钟也不迟到,好了吧?"

一吃了饭,罗文应就把书本什么的收拾起来。他知道妈妈在注意着他,时不时很得意地瞧他一眼。他可装作没看见。他也没有把他参加复习小组的事告诉妈妈:他怕妈妈说什么"对呀,这才是好孩子呢!"——说得他会满脸通红。

他低着头,专心专意地把算草本装进书包里。想了一想,又把算草本拿出来:他决计不带书包出去。一背上书包,街上的人说不定会瞎猜一气——

"瞧,这个孩子又玩到这么晚才回家!"

罗文应找出一张旧报纸来包起这些东西。忽然妹妹赤着脚向他跑来,两只手慎重地捧着一本画报——爸爸新寄来的。

"哥哥包起,哥哥包起!"

哈,巧极了!好像爸爸知道他今天要去参加复习小组似的!

他正好把这本新画报带到李小琴家里去,休息的时候就可以跟同学们一块儿阅读。以后这本画报就放在复习小组里吧:是大家的。

"哎,好乖。"罗文应从妹妹手里接过了画报,看了看封面,就打开纸包要把它包进去。

他又看了看封面。

"这是谁?"他问自己。"生产模范?"

他想要包进去,又还是放心不下:哎,到底是谁呢?——封面上这位叔叔,他好像在哪里见过。

罗文应只好打开画报来找目录。一打开,他就忍不住要从头至尾翻一翻,好知道一个大概。

"光翻一翻,碍不了事。"他看看这幅图,看看那幅图。"怎么回事呀,这是?"

要念一念那下面的说明才知道。

罗文应一个字一个字地念着。又看看图片,好像要检查那篇说明写得对不对。于是顺便又念了几节文字。一方面可又在催着自己:

"行了行了,快走吧!……瞧这农民伯伯!——啊,真棒!"

时间不会等你。罗文应一看钟,把画报一扔就跳了起来。

6点42分!

"妈妈,咱们钟快了吧?"

"不快,今天刚打电话对过。"

糟了!罗文应把纸包一夹,想要跟妈妈说一声就走。可是又觉得不对头。

"罗文应!为什么迟到?"——同学们准会问。

"罗文应!为什么又犯老毛病?"——同学们准会问。

他瞧着那个纸包发愣,不知道该怎么办。他不好意思再到李小琴家里去了。他急出了眼泪。

"去吧,去吧,不要紧的,只要以后能够改过来。"他听见一个声音叫他。

可是谁知道同学们会怎样呢?他去了,同学们还理他吗?他失了信用!他亲口约好了的又不当回事!同学们准会告诉周老师，准会告诉解放军叔叔——唉，他太对不起那几位叔叔了！

"刘叔叔，你们还跟我交朋友吗？"

两颗眼泪流到了脸上。

假如现在还是在 6 点 30 分以前……

可是时间再也不会回来！损失了的时间再也没有法子补救！

他愿意向同学们认错，愿意挨同学们的批评，只要同学们还肯和他好，还肯让他参加复习小组，帮助他学习。他以后一定不迟到。

时间越过越迟，他就更加懊悔，更加和自己生气……

突然他惊了一跳，他觉得有人喊他的名字。

他侧起耳朵来仔细一听，只听见妹妹在东一句西一句地唱"小耗子上灯台"，妈妈有时候给她提提词儿。

他失望地说：

"谁还来找我！"

罗文应,你可是想错了。队员同学们怎么会把你丢开不管呢？你听！这不是？

的确有人叫他。听得出一个是赵家林。还夹着一丝高音，那正是他们的小组长李小琴——她也跑到他家找他来了。还有什么说的！罗文应当然是赶紧跑去迎上他们，一面嚷着"来了来了"，就跟他们一块儿去做功课。

可是罗文应没有这样做，这太不好意思了。李小琴和赵家林跑进来的时候，罗文应恨不得躲起来。他低着头装作看画报。

"罗文应，"李小琴一冲进门就嚷，"你怎么不去复习？"

罗文应又快乐，又难过，撇过脸去不看他俩。

"怎么了？"李小琴站在房门口愣了一下，把步子放轻，慢慢走近他。"病了吗？"

"没有。"

"那么去吧。"赵家林两只手搁在罗文应肩上，和李小琴互相瞧了一眼。

罗文应生怕自己一个不小心会哭出来，用力咬着下嘴唇。好一会儿才勉勉强强地开了口，声音低得几乎听不见：

"我不去……我有事……"

"有事？可你怎么又在这儿看画报呢？"李小琴一把拖起他来。"走吧，大家等着你呢。"

原来同学们还等着他！——李小琴从来不撒谎。

赵家林还告诉罗文应：

"要是在你家里找不着你，我们就得上市场去找。要是在市场里也找不着你，就到街上去找，到派出所去找。无论如何要把你找到，叫你来跟我们温习功课：小组是这么决定的。"

那就赶快！一秒钟也别迟延！

同学们跟妈妈说了一声，妈妈喜欢得抓住了李小琴的手：

"这可就好了……"

罗文应脸上滚烫，推开李小琴就跑。刚出了大门口又飞奔回家来，抓起桌上那本画报，才连蹦带跳地跑了出去。

三个同学又笑又嚷地走了。

这天成绩很不错。功课做完了还好好玩了一阵。罗文应从来没有这么愉快过。

"唉呀，以后可一定要注意，"罗文应下了决心，"别再耽误时间了。"

他常常记起解放军叔叔信上的话:"希望你自己管得住自己。"

他向李小琴提一个意见:

"往后放学,你们不必派人送我回家了吧。你们都得绕那么多路,花那么多时间。我自己管住自己不就得了?"

"好,"李小琴想了一下,"小组相信你做得到。"

罗文应果然做到了。他功课也一天一天地有进步了。

"开头可真不容易呀,"罗文应回想那个时候的情形,"头两天倒还好,小组没派人送我,我一个人也能一心不乱地回到了家。第三天可就有点儿什么……"

第三天恰好刮了风。他放学走过市场门口,实在不放心那一盆小乌龟:今天天气那么凉,它们怎么样了?还是游得那么活泼吗?

"真的,爬虫类会不会感冒的?"他自问自地说,"去看一看吧,啊?……不许!"

走了几步。他心里痒痒的。光去看一看小乌龟,别的什么都不看,行不行?——这总可以通融通融吧?

喂,别走得那么快!倒好好考虑一下看……

"不行!"罗文应硬管住了自己。

至于胡同里那家糖食铺里——克郎球是没有人打,倒有三个人坐在那里下跳子棋。罗文应瞟一眼就知道了。只是不知道他们下得好不好,胜败如何。

怎么样?去稍微看一点儿——只看那么一点点儿,可以不可以?

"稍微……嗯，还是不可以！"

他叹了一口闷气。要知道，跳子棋可不比克郎球。今天稍微看那么一下，明天起决计不看，这总不要紧了吧？

他想起了刘叔叔他们。要是叔叔们知道他现在转的什么心思，会怎么说呢？——"哼，老毛病！"

罗文应就头也不回，坚决地向前走去了。

以后就好得多。比如有一天，他发现地下有一颗脆枣。他只不过稍微研究了一下——"咦，这究竟是卖脆枣的掉下的，还是吃脆枣的掉下的？"——就一脚把它踢得老远的，不见了。

"踢到了哪里？"——别管它！他还有事呢。要是照他以前的习惯，就非把它找到不可。

可是那颗脆枣自己却蹦蹦跳跳地又滚了回来：原来对面有个孩子也踢了它一脚。罗文应即刻又把它一脚踢回去。对面那个孩子一脚就截住了那颗脆枣。兴高采烈地向罗文应招手：

"来，我守球门！你踢！"

罗文应仅仅只愣了两秒钟。

"我没有工夫，现在不是玩的时候。"罗文应一面走一面打手势，"小朋友，你也早点回家去吧。"

这些情形，罗文应都向周老师和复习小组汇报过。

叔叔们，罗文应就是这样准备着来学你们的榜样的。罗文应就是这样进步起来的。

现在呢，罗文应已经养成新的好的习惯了。不是玩的时候你要引他玩，他才不理这个茬呢。他按时学习、劳动、运动、休息，不再浪费时间。在家里也有工夫帮助妈妈做事，有工夫照顾妹妹

了。还真的给妹妹买了一个小乌龟,可好玩儿呢。他自己说:

"以前吗,我不能做到节约时间,简直照顾不过来。妹妹我是爱的。妹妹摔了跤也不哭,只嚷:'哥哥,你捡起来了我!'我听了好一会儿没听懂。有一回她说:'可了不及啦,我矮朵伤风啦。'你们猜,这是什么意思?鼻涕她也不叫鼻涕,叫'鼻鼻'……"

"罗文应,"周老师打断他的话,"你妹妹的语法问题以后再讨论吧。我们的谈话和作文也应该注意节约:谈得集中些,不要东拉西扯,想到哪里说到哪里。"那么,我们就暂时讲到这里吧。敬礼!

签名

(原载 1952 年 2 月 18 日、2 月 25 日《中国少年报》)

荒火的辉煌

常新港

她想死。

她才十三岁,多么鲜嫩辉煌的年龄。

黑夜这张扯不破的无边无际的大网,把明亮的、美丽的、悦耳的、一切一切让人欢愉的东西都收走了。

她从早上走到晚上,有时她被绊倒了,她爬起来,仍不看脚下,继续走。天上没有星星,她看不见周围的任何东西。世界冷漠地睡着了。

她心里有一个念头还亮着,让黑夜也把她收留下来,让她愉快地离去。

脸上那淌了干、干了淌的泪痕,使她想找到一条清澈的河沟。她要洗去泪痕,她不愿脏着脸去告别太阳和晚秋的大地。在黄昏时,她曾看见了一条河沟,沟很窄,水很浅,刚把手浸进去,就有一群小蝌蚪拥过去,向着一处暗绿色的水草游去。她情不自禁又湿了眼,赶紧离开了那条河沟。那蝌蚪竟有那么多那么多的朋友呵!

在黑夜里曾经放开喉咙大哭了一阵。在学校里,她只能压低嗓子抽泣。现在不用了。

在众人面前,她总是把那只右手揣在衣袋里,怕别人看见那只手。冬去春来,不用戴手套了,她还戴着。现在不用了。在这个黑夜里,她可以自由地伸展出手臂,自由地甩动着,向黑暗深处走去。

她右手上有六根指头。

她曾经用自己的牙齿去死命地咬那根多余的手指,直咬得钻心地疼,咬得血流出来。现在不用去仇恨自己的手指了。晚秋的夜很冷,她就用左手去握住右手,在那自己咬过的部位上轻轻抚摩。

她早就听过北方野狼在黑夜眨动着眼睛,扮萤火虫的恐怖传说。因此,她不敢走夜路。现在不用怕了。假如黑夜是巨兽张开的口,她就会愉快地奔去——奔向死。

不用了!不用了!

"喂!那个女同学注意了!把右手从衣袋里伸出来。现在是做操,揣在衣袋里干什么?"新来的体育老师大声指责她。她没有按老师的话去做,手依然揣在衣袋里。手指在口袋里紧张地扭动着。她垂着头。

"怎么回事?没听见吗?"体育老师生气了。

"老师!她是……六指!"后排队伍里响起一个男生的阴阳怪气的声音。

体育老师愣怔的瞬间,同学们全都哄笑起来。

她揣在口袋里的手攥出了汗。

她有一副清脆的嗓子。全校选三名独唱选手去别的学校演出,有她。当宣布她的名字时,女同学议论开了:"哟!她去?怪吓人的!"

"什么吓人?"不知道的人瞪大眼睛问。

"你不知道?告诉你!六指!"

"呀!往台上一站,六个指头在灯光下一晃,还不把前排人吓跑了!不吓跑,也够麻人的了!"

她听见了这些话。她用自尊的、愤怒的眼光去回击这些同学。

那天,她走进教室,一下子呆住了:新油漆过的黑板上,清楚地画着一只巨手,六根指头!六根指头!!六根指头!!!

她转身跑出去了。她不想再走进教室。

她喜欢这浓墨般的黑夜。

她不知道自己已走到荒原深处了。只要是黑夜,不管哪里都一样。

她恍惚地觉得,面前有一个庞然大物,一动不动地蹲在那里。她站住了,只一会儿的犹豫,便向它走去。她什么也不怕了。

那是一堆带着香味的茅草堆。她倒在它的怀里。她一下子感到了那茅草堆如棉被般的温暖。她感到了寒冷和饥饿。她没有再爬起来,闭上眼睛,慢慢嗅着荒草的野香,轻轻地抽泣起来。

她睡着了。在黑夜的抚慰下,她睡得很宁静很幸福。

不知过了多久,她感到了红光,闻到了不知是什么燃烧的焦味。她睁开眼,看见一个穿着黑皮袄的老人,举着一支火把。那火把上的油星不断拖着一条亮尾巴钻到地下,那火把离她的脸越来越近。

她本不应该碰见人的。她不想说话，只是看着这个在深夜野地里出现的老人。

老人也一句话不说，好像怕惊动她的睡眠，用那只没拿火把的手，指指天，指指地，又摇一摇。

她不吭气。她借着火把的光亮，看见老人苍老的面容是善良的。她竟又想落泪。这回，她没有让泪轻易地冲出眼眶。经过一天的奔波，经过对死的向往的磨难，她的心有些硬了。

老人脱下黑色皮袄盖在她身上。她没有动，却感到一股汗味温柔地扑来。这时，老人好像理解她不说话似的，只用手指指肚子，又指指嘴。

她依然不动，没有一点表示。

她根本不想问老人在这儿干什么，从何处来，正像她也不愿意说出自己的身世一样。

老人摇摇头，转身走了十几步，拢起一小堆草，划燃一根火柴，点着了草。一把草一把草地添加，还不时回头看她一眼。

一会儿，老人从烧成灰烬的火堆旁站起身，两手匆忙地倒换着，捧着一个东西走过来。当她接过老人塞到她手里的东西时，发现是一个烧得热乎乎的土豆。那土豆散发着诱人的香味。

老人点点头。

她第一次向老人点点头。我谢谢你，但我不会吃的！我就是为了死，才到这儿的。在极度饥饿和寒冷的昏眩中愉快地悄悄死去。老人家，别这样看着我，你多么不了解我啊！

老人不知道她在想什么。老人又重新点燃了熄灭了的火把，举起来，向前跑去，很快点燃了一堆茅草。那干燥的草堆在晚秋的夜里呼的一声燃烧起来!

她一下坐了起来,看见燃烧的草堆前面还有一排草堆,老人飞快地把草堆一一点燃,在噼噼啪啪的燃烧的轰响中,她眼前出现了一条漫长的火龙,那火龙向远处蔓延,向四周蔓延,愈来愈粗。

天烧热了,烧亮了。

她才知道老人是一个烧荒的人。

在壮观的荒火中,她看见老人张着嘴,围着火龙奔跑,苍老多皱的脸被火烤得通红,好像在喊什么。她想听见老人在跟火说什么,在呼喊什么。但她听不见老人的声音。

一瞬间,她心里跳了一下:老人是哑巴。

证实了这一点,她突然想哭,不知为什么。

她知道,一夜之间,这块荒原便会变成焦黑的土地。

她咬了一口土豆,连着焦黑的皮一起咀嚼着,吞进肚里。

老人举着火把越走越远。荒原上的火龙走向夜的深处。

她吃完土豆,慢慢睡着了。通天的荒火陪伴着她。

在曙光中,她苏醒了。荒原是一片黑色的土地,零星的地方冒着白色的烟。她站起来,饥饿和寒冷远离她了。

她拿着黑皮袄在荒原上寻找那个哑巴老人。

在一个燃尽的火堆旁,老人带着满足的笑意,沉到了梦乡里。

她把皮袄盖在老人身上,呆呆地站着,等着。她要等老人醒来,跟老人说话,有好多的话。

老人还沉沉地睡着。

她找来一根草棍,在焦黑的地上写下几行字:

亲爱的老人：

　　我走了，我要回家去了。不要问我从哪里来！什么都不要问。我会来看你。

　　我多喜欢辉煌的荒火啊！

一个哭过的女孩

　　她歪头深情地注视了一会儿安睡的老人，慢慢转回身，向着原路，向着明晃晃的太阳走去。

　　她还发现荒野里有一朵晚秋的花在注视她。

牵手阅读

　　幼时，当我们都以一双充满好奇的眼睛打量着这个未知的世界时，成长便是蹒跚学步。深一脚，浅一脚，跌跌撞撞，从来不顾前方有什么，即使一不小心摔倒了，哭泣了，也会爬起来，向前走，再向前走。可是，成长中有些困难却像难以逾越的顽石，让我们本就尚未成熟的心饱受痛苦的折磨，就像本文中的"她"一样。六指的烦恼一直伴随着她的成长，她想到了死，想以死来永远摆脱这烦恼。可就在她选择死的那一天，她遇到的烧荒老人点醒了她：荒火也有辉煌的一刻。

汤姆·索亚历险记（节选）

[美] 马克·吐温　夏岚清　编译

今天，当贝基从老师的桌子前经过时，发现钥匙并没有拿走，就打开抽屉把那本书拿出来看。

书的封面上写着"解剖学，某某教授著"的字样，她不懂什么是"解剖学"，就好奇地打开书来看，她立刻被一幅精美的人体图画吸引住了。

这时候她感到有个影子在她的身旁，吓得她连忙回头看，原来是汤姆。

贝基连忙把书合上，因为过于惊慌，竟把那张精美的插图给撕坏了，她急忙把书塞进柜子里，又羞又急地大哭起来。

"汤姆·索亚，你真卑鄙，偷看别人，还偷看人家正在看的东西。"

"我哪里清楚你看的是什么东西呢？"

"汤姆·索亚，你应该感到害臊。你会告发我的，这下我该怎么办才好呢？老师肯定会拿鞭子打我的，我还未在学校被别人打过呀!"

接着,她跺着小脚说:

"你想要卑鄙,那就随你的便!不过,你可要出事了。你等着看吧!可恶,可恶,真可恶!"接着,她一顿大哭,冲出了教室。

汤姆呆呆地丝毫不动地站在那儿,这始料不及的打击弄得他糊里糊涂。随后,他自言自语地说:

"女孩子真是傻得出奇。说什么从未在学校被别人打过!呸!哪有这回事!挨打算不了什么!女孩子就是这样——脸皮薄,胆小如鼠。不过,我当然不会把这事向杜森老头讲。要想和她算账,方法有的是,何必干那种告密的勾当。可那又怎么样呢?杜森老头照样会查出来是谁干的。"

汤姆跑到外面和那群嬉戏的同学们玩了不一会儿,老师就来上课了。上课的时候,汤姆发现贝基坐立不安。

"如果被老师知道了,我该怎么办呢?以前我可是公认的好学生,一旦挨了打多丢人呀!我怎么不求汤姆给我出个主意呢?"她很后悔,思前想后,最后终于下定了决心。

"我不承认就是了。"

老师出了一个题目之后,同学们都在认真地苦思冥想。

夏日的中午空气沉闷得很,杜森老师不由懒懒地打了一个哈欠,他把手伸到了抽屉里。同学们都在专心地写作业,只有汤姆和贝基在关注着老师的举动。

老师把书拿了出来,糟了!怎么办!

汤姆瞟了贝基一眼,贝基羞愧地低下了头。

汤姆很同情她,但又想不出好办法来。

老师掀开书本,他马上抬起头向在座的同学环视一周,严厉地说:

"谁把我的书撕坏了?"

大家都吓得不敢出声。

"洛杰斯,是不是你?"

"不是我,老师。"

"乔·哈勃!"

"我没有。"

紧接着轮到汤姆了。

"汤姆·索亚,是不是你?"

汤姆想:

"怎样回答好呢?"

他摇摇头,回答说:"不是的。"

男生问完了,又问女生。

"露莉丝·密勒,是你吗?"

她摇了摇头。

"苏珊·哈勃,是你吗?"

仍然是否定的回答。

眼看就要问到贝基了,汤姆紧张得浑身打战。

"贝基·撒切尔!"

汤姆看了一眼贝基,她已经吓得脸色发白。

"贝基,是你撕坏的吗?为什么不敢看我?"

这时,一个念头浮现在汤姆的脑际。他站起来大声说:

"老师,是我干的。"

杜森老师听了，气得抓起教鞭将汤姆狠狠地抽了一顿，放学后还罚他站了两个小时。

全班同学都笑汤姆傻，而贝基却用感激的目光注视着他，就凭这一点，他认为即使挨上一百次打，也值得了。

当天晚上，汤姆临上床睡觉前合计着如何报复阿尔弗雷德·邓波尔。万分羞愧的贝基把所有的事都跟他说了。可是不久，汤姆的思绪转到一些美滋滋的事情上。想着想着，汤姆耳边朦朦胧胧地响起了贝基刚才说过的一句话："汤姆，你为什么这么的崇高呢？"就这样，他终于进入了梦乡。

犯了错误怎么办

在我们成长的道路上,难免会犯一些错误,但错误并不可怕,只要正确地面对错误,就会在错误中不断成长。

怪雨伞

孙幼军

有一个漂亮的小伙子,把黑皮鞋擦得锃亮,换上一件雪白的新衬衣去看电影。他忘了现在是雨季,忘了夏天的雨说来就来。所以电影散场的时候,他看见外边哗哗下大雨,就很生气。他骂了一句非常难听的话,接着说:

"有把雨伞就好了……"

他的话刚一说完,电影院出口处就出现了一把黑布面的雨伞,老老实实地挂在墙上。它不是普通的雨伞,而是一把怪雨伞。

许多看完电影的人没带雨伞。他们看见那把漂亮的雨伞,都有点羡慕,心想:

"要是我现在有这么一把雨伞,该多好!"

可是他们只是看了一眼,就一步不停地走到大雨里去了。这个漂亮的小伙子可不一样。他张开嘴巴说:

"真怪,一想雨伞,雨伞就来啦!"

他一点儿也没犹豫,随手把雨伞拿起来,就跟拿自己的东西一样。

真运气，谁也没拦他。他撑开雨伞，暗自得意地走到大雨里去了。

走了一段路，小伙子觉得有点不对劲儿：虽然雨伞撑开了，可他总感到肩上像是噼噼啪啪落着雨点子。他停下脚步，仰起头来看。这是一把好伞，伞面崭新，丝毫也不漏。他又摸摸背，背上也不湿。

"这不过是我自己那么想。"小伙子放心了，又挺神气地走起来。

到了家，他脱下新衬衣，一下子愣住了：雪白的新衬衣上，满是墨点子，就跟写大字的时候不小心弄上的，不，再不小心，

也弄不成这样子！倒像是全班同学都拿毛笔蘸足了墨汁往他身上甩，甩成的！

这小伙子慌慌张张拿着衬衣跑进厨房，打了一盆清水，赶紧洗。洗了半天，墨点子不但一点没褪，颜色倒像更深了。

这可把他气坏了。他丢下衬衣，操起一把斧子，想把雨伞砸个稀巴烂。

正要动手，一个好主意忽然跑到他脑子里来了。

要是看见别人也把白衬衣弄上墨点子，那倒是满开心的事！一把雨伞，崭新，又不漏，谁能想得到它有这么一手儿。

可是，把这把怪雨伞给谁呢？

当然，最好是给一个他讨厌的人。

他最讨厌的人就数王小强了。王小强跟他住在一个楼道里，是他的同班同学。王小强是小学四年级学生啊，这个小伙子怎么跟他同班？这个嘛，据那个小伙子自己说，是因为他太热爱学习了，所以一年级他念了两年，二年级他念了三年，三年级他念了四年，四年级也已经念了两年了，这么一来，今年就跟王小强同班了。他为什么讨厌王小强呢？那小伙子自己说过：是王小强把他变坏了。比方说，轮到他打扫楼道，他不打扫，本来没事儿。可是搬来个王小强，一轮到他打扫楼道，不光打扫，还扫得特别干净。邻居就说：

"人家王小强多认真，瞧他！"

再比方说，五年级张燕生踢足球摔断了腿，打上石膏。要是王小强不多管闲事，也就没人骂他。王小强偏弄了个车，天天推着张燕生上学。老师就说：

"王小强是班上最小的同学,每天送张燕生上学,累得满头大汗,你是班上最大的,有的是力气,也跟张燕生是街坊,怎么就一次也不送?"

瞧瞧,不是王小强把他弄坏了?

嘿,这回可以出出气啦!王小强也穿着件白衬衣,还有,好像他们家只有一把伞,他妈妈一拿走,他就只能戴顶小草帽上学。这雨伞可正是他急需的,哈哈!

第二天清早,正在上学的时候,外面又哗哗下起雨来。这小伙子溜出去,把那把怪雨伞挂在王小强家门口,偷偷躲在门里看。不一会儿,王小强出来了,他一推开门,就"咦"了一声。

"这是谁的雨伞呢?"

王小强自言自语地说了一句,就挨门挨户地问,连那小伙子也问到了。可是,谁家也没丢雨伞。王小强只好夹了雨伞去上学。那小伙子也背上书包,悄悄跟在他后头,想看热闹儿。糟糕的是,王小强没用那把怪雨伞。他把雨伞送到居民委员会,顶着他的小草帽,推了张燕生就走了。

这有多泄气!但那小伙子不甘心。说来也凑巧,这天放学,他看见王小强的妈妈回家,手里拿了一把黑雨伞,简直跟那把怪雨伞一模一样。晚上,他听见小强的妈妈对小强说:

"天下大雨,你的草帽也不顶事。我给你买了把新伞,就放在过道里,明天上学想着带上!"

那小伙子一听,简直比王小强还要高兴!他赶紧跑到居委会领回那把怪雨伞,趁着没人注意,混进王小强家的过道里,把两把雨伞调换了。

第二天上学的时候没下雨。王小强照旧用车推着张燕生去上学。想不到快到学校的时候,大雨点子噼噼啪啪落下来,越落越紧。张燕生没穿雨衣,有点儿着急。王小强说:

"没关系,我今天有雨伞了。你打着!"

张燕生坐在车子上打着伞,王小强在后头推。张燕生怕王小强淋雨,就把雨伞往后举,王小强拼命往前推他的手,说:

"我没事儿,你的腿!"

真的,张燕生打着石膏的腿,已经淋上雨点子了。王小强心里想:

"这个张燕生可是个犟脾气……要是这把雨伞再大点儿就好了!"他刚这么一想,就觉得那把雨伞"呼"地一下子变大了。王小强停住了脚步——他惊呆了。

"我觉得,这伞好像变大了……"过了好半天,他才喃喃地说。

张燕生也惊奇地张大了嘴巴:"真的!比原先大多了!"

王小强问:"你是不是觉得沉了?"

张燕生把雨伞往高处举了几下:"没有,好像还是那样儿!"

王小强推了车继续往前走。他们碰上两个没带雨伞的同学,王小强喊他们也来挤这一把伞。可是他们到了伞底下,谁也不觉得挤,因为只要王小强一想"再大一点儿就好了",那把伞就"呼"地一声,变得更大一些。到进校门的时候,那把雨伞底下已经有十几个同学了,但是没有一滴雨淋到他们身上。张燕生呢,举着那么大的一把伞,一点儿也不觉得比原来沉!

那个漂亮小伙子出门的时候也没带雨伞。看见下大雨,他反倒高兴起来。他偷偷跟在手推车后边,想象着王小强到学校以后的狼狈相。哈,张燕生也穿了件新衬衣,这回,他要不骂死王小强才怪!等到他看见那把雨伞突然变大了,他惊奇地瞪大了眼睛。他的眼睛越瞪越大,后来,就跟两个乒乓球似的。

他淋得直发抖,可就是不敢到伞底下去。只有他一个人知道那把怪雨伞的厉害!

上第一堂课的时候,老师讲着讲着忽然说:

"别当坐在最后一排,我就看不见你——你又东张西望地干什么?"

老师批评的正是那个小伙子。他这回"东张西望",是看王小强和那几个用他雨伞的同学呢。可是不管他把眼珠子瞪多大,他也看不到他们身上有一个墨点子。他心想:

"这把雨伞真怪,简直怪极了!"

这个怪雨伞的故事是别人给我讲的。我听了,觉得挺玄乎,可也没好意思说什么,光是笑了笑。没想到——

有一天,我去上课。那天我感冒了,头疼,嗓子哑得说不出话来,还有点儿发烧。可是我那班学生马上要毕业了,不好耽误的。就是让他们复习复习,我坐在教室里给他们解答一两个问题也好。我正慢慢腾腾在路上走着,忽然打了两个很响的雷,大雨哗哗下起来。我想:

"这下子糟了,晚上非发高烧不可……"我还没想出该怎么办,就有一顶黑布伞遮在我头上。举着雨伞的是个脸蛋儿圆圆的小男孩儿,穿着干干净净的白衬衣,扎着红领巾。我说:

"哦,谢谢你——可是,我个子太高了,再说,两个人……"

我的话还没说完,就看见那把伞的伞柄忽然变长了,那小男孩儿用不着再把胳膊举得高高的了,我也用不着再低着头。我正觉得奇怪,又见那伞面"呼"一下子大出一圈儿来,正好把我们俩严严地遮起来。

大概我吃惊的样子十分可笑,那男孩子望着我,嘻嘻地笑起来,接着,我们就开步走了。

"原来这是真的!"我一边走,一边自言自语地说。"真有这样一把怪雨伞,能变大、能变小……"

那天,我连一滴雨也没淋着。还有一件怪事是:我从那把雨伞底下走出来以后,头不疼了,嗓子也不哑了!到了学校,我给我的那班学生上了课,我觉得我的声音比哪一天都响亮,我的课也好像从来没讲得那么好过。

牵手阅读

这把雨伞是很怪,它就像是天使的光环一样,照耀着每一颗善良的心。对于自私自利的人它是绝不饶恕的,就像对漂亮的小伙子一样。记得小伙子的结局是这样的:他的衬衫像是全班同学都拿毛笔蘸足了墨汁往他身上甩,甩成的!这种场面一定非常壮观。

在生活中,我们很多时候都要先想一下别人再想自己,不要为了自己的利益而损害他人的利益。当别人比你更需要时,就让给别人吧!当你的心流着的是善良的血液时,幸福的光环就会围绕着你,保佑你一生平安。

小狐狸阿权

[日] 新美南吉　朱芳芳　译

一

小时候，我从村里的茂平大爷那里听来这样一个故事。

从前，在我们村附近，有一座名叫中山的小城堡，据说里面住着一位名叫"中山"的老爷爷。

在离中山城很近的山里头，住着一只名叫"阿权"的小狐狸。它在长满羊齿草的森林里打了一个洞，孤零零地住在里面。无论是白天还是黑夜，它都爱溜到附近的村子里去恶作剧，不是将埋在土里的芋头给挖出来，就是给晾晒着的油菜花枯枝点把火，或者揪下人家晒在后院的辣椒，总之是经常干些调皮捣蛋的事。

这年秋天，接连下了两三天雨，阿权无法出门，只好蹲在洞里头。

等天空终于放晴了，阿权爬出了洞口。外面晴空万里，不时传来伯劳鸟啾啾的叫声。

阿权跑到了村子里的小河边。四周的狗尾草上全都挂满了晶莹的雨珠。河里的水原来并不多,可连下三天的雨让河水水位暴涨起来。原先河水浸不到的狗尾草呀、胡枝子呀也都被浑黄的积水冲倒,乱成一片。阿权沿着泥泞的小路,向着河的下游走去。

忽然,它看见有人在河里,不知道在做什么。阿权怕被那人发现,便一下子钻到草丛深处,静静地窥视着那个人。

"原来是兵十呀。"阿权认出来了。

兵十挽起黑色的破衣服,浸在齐腰深的水里,正摇晃着渔网捕鱼呢。他的头上缠着头巾,脸上粘着一片圆圆的胡枝子叶儿,看上去像是一颗大大的黑痣。

过了片刻,兵十把渔网底部那个袋子似的东西,从水底下拎了上来。里面虽然都是些枯枝败叶和烂木头等乱七八糟的垃圾,可也有些泛着白光的东西,那是肥美的鳗鱼和大鲫鱼的白肚皮。兵十将鳗鱼、大鲫鱼和那些垃圾一股脑儿地倒进了鱼篓里,接着扎紧口袋,再次将网袋放入水中。

兵十提着鱼篓上了岸,又将鱼篓放在岸边。他像是要找什么东西似的,朝上游跑去了。

兵十刚走,阿权又忍不住想搞恶作剧了,它一下子从草丛中蹦了出来,跑到鱼篓边上。只见它从鱼篓里抓出鱼,一条又一条地朝渔网下游的河里扔去。这些鱼都"扑通""扑通"地钻进浑浊的水底去了。

最后只剩下一条肥美的鳗鱼了,阿权伸爪子去抓,可鳗鱼滑不溜秋的,怎么也抓不住。阿权急了,一头伸进鱼篓,张嘴叼住了鳗鱼的头。鳗鱼呼啦一下紧紧缠住了阿权的脖子。这时,对岸

传来了兵十的怒骂声:

"好哇,你这贼狐狸!"

阿权吓得蹦了起来,想要赶快逃走,可那鳗鱼却紧紧缠住阿权的脖子不放。阿权只好就这样带着鳗鱼朝旁边一闪,拼命逃跑了。

阿权跑到了洞口附近的赤杨树下,回过头一看,兵十并没有赶上来。

它放松下来,将鳗鱼的头咬碎,这才甩掉鳗鱼,将其扔在洞外的草地上。

二

十几天以后,阿权路过村民弥助的屋后时,发现弥助的妻子正在无花果树下染黑牙齿(旧时日本妇女盛行将牙齿染黑,并且以此为美);路过铁匠新兵卫家的后屋时,又见到新兵卫的老婆正在梳头。

阿权心想:"咦?村里要办什么活动了吧?是秋天庆祝收成的活动吗?那应该会发出演奏太鼓啊、笛子之类的声音哪。至少应该在神社前挂上旗子呀。"

它一边想一边走,不经意间来到了门前有口红色水井的兵十家,看见很多人聚在那间小小的、有些可怕的屋里。一些穿着正式的礼服,腰间挂着手巾的女人,正在灶台前烧火,大锅里咕噜咕噜地不知煮着些什么东西。

"天哪,竟然是葬礼呀。"阿权思忖道,"兵十家的什么人死了呢?"

晌午过后，阿权朝村里的坟地走去，藏到了地藏菩萨的后面。今天的天气不错，远方城堡上的屋瓦显得十分耀眼。坟地里成片的彼岸花竞相开放，恰似一片红色的地毯。这时，村子那头传来"当——当——"的敲钟声，那是出殡的一种信号。

过了一会儿，只见身穿白色丧服的送葬队伍终于出现了，隐约听到了说话声。送葬队伍进了坟地。他们经过的地方，彼岸花被踩得一塌糊涂。

阿权踮起脚尖看去，只见兵十穿着白色的丧服，手中举着灵牌。兵十那平常好似地瓜一样红通通、精神抖擞的脸庞，如今却显得十分憔悴。

"唉，死的是兵十的妈妈呀。"阿权这么想着，将头缩了回去。

这天夜里，阿权在洞里思忖：

"兵十的妈妈躺在病床上的时候，一定很想吃鳗鱼，所以兵十才会带着渔网出去的。可我却搞恶作剧，把鳗鱼给放跑了。害得兵十的妈妈没吃上鳗鱼，而他妈妈一定是由于没吃上鳗鱼才死去的。她临死前，大概还在念着'好想吃鳗鱼，好想吃鳗鱼'吧。可恶，我真不该做那样的恶作剧。"

三

兵十在红色的水井台边淘洗小麦。

他以前跟妈妈俩过着穷困的日子，母子俩相依为命。如今妈妈死了，就剩下孤苦伶仃的兵十了。

"跟我一样，兵十也是一个人讨生活呀。"阿权从库房后头偷窥着兵十，这样想道。

正当阿权要离开库房，跑到对面去时，不知从哪里传来了叫卖沙丁鱼的吆喝声：

"沙丁鱼大减价啦，新鲜的沙丁鱼哟。"

阿权向吆喝声的方向跑去。正好弥助的媳妇在里屋喊道：

"我要买沙丁鱼！"

沙丁鱼的卖家将装满沙丁鱼篓的车子停靠在路的一旁，双手拎着白花花的沙丁鱼进了弥助家。趁着这个空当，阿权从鱼篓里拎出五六条沙丁鱼，朝着来时的方向折返回去。路过兵十家的后门口时，阿权将沙丁鱼扔了进去，然后奔向自己的洞穴。跑到一半，阿权从坡道上眺望，只见兵十的小身板还在井边淘洗着麦子呢。

阿权心想，这是自己为补偿兵十的鳗鱼而做的头一件好事。

第二天，阿权在山上采了一大堆栗子，捧着跑到兵十家。它从后门偷眼观瞧，只见兵十正吃午饭。他一边捧着饭碗，一边在发呆。而令人不解的是，兵十的腮帮子受了伤。"到底怎么回事？"阿权正在猜想的时候，听到兵十喃喃自语地抱怨道：

"究竟是谁往我家里扔的沙丁鱼呢？害得我竟然被鱼贩子当成了小偷，挨了好一顿揍呢。"

阿权心想，不好，这下可惹祸了。可怜的兵十准是被鱼贩子给打了，所以才受了伤。

阿权边想边蹑手蹑脚地绕到库房门口，放下栗子就离开了。

接下来的两天，阿权照旧采了栗子送到兵十家。第五天，不光送了栗子，还带去两三朵松蘑。

四

在一个明月当空的晚上,阿权又出去晃荡了。路过中山爷爷的城堡时,听到对面传来了说话声,像是有人顺小路迎面走过来了。金琵琶蛐蛐在唧唧地叫着。

阿权赶忙躲到路边,连大气也不敢喘。说话声逐渐近了,是兵十和农民加助。

"对了,我说呀,加助。"兵十开口说道。

"什么事?"

"我呀,最近碰到件奇怪的事儿。"

"是什么事儿?"

"自从我妈妈去世以后,不知道是什么人,总是给我送来栗子、松蘑之类的东西。"

"哦?是谁干的呀?"

"不知道哇。总是趁我不留神的时候,把东西送来就走了。"

阿权跟在两人身后,又听加助说道:

"果真如此?"

"绝无假话。不信的话,明天过来看看吧,我拿栗子给你看。"

"嘿,怎么会有这种怪事呀。"

说到这里,两个人陷入了沉默,继续往前走着。

加助下意识地回过头看了看,阿权大吃一惊,赶忙缩紧身子停了下来。可加助似乎并没有注意到阿权,仍然大步流星地往前走。两人进了农民吉兵卫的家。屋里传来"笃笃笃"敲打木鱼的声音。窗户纸上灯光映照出和尚晃来晃去的大光头的影子。

"原来是在诵经啊。"阿权边想边蹲在了井边。

不一会儿,又有三个人一起进了吉兵卫的家。屋里传出了念经声。

五

阿权一直守在井边,直到念经结束。兵十仍旧和加助一起往家走。阿权想听听两个人的对话,便躲藏在兵十的影子里,跟了上去。

到了城堡前面,加助说道:

"你方才说的事儿啊,没准是神仙干的。"

"啊?"兵十惊讶地望着加助的脸。

"我方才一直在想,似乎不是什么人干的,准是神仙。神仙大人看你一个人孤苦伶仃的,便赏赐些东西给你。"

"真的吗?"

"没错。所以,你每天都得拜神敬佛呀。"

"是呀。"

阿权心想:哼!这家伙可真会瞎编。明明是我给兵十送的栗子、松蘑,他不来敬我,却去敬什么神仙,真是划不来呀!

六

翌日,阿权又带着栗子前往兵十家。兵十正在仓房里搓草绳呢,阿权就偷偷地从屋子的后门溜进了兵十家。

这时,兵十恰好抬起头来:咦?难道是狐狸溜进家里面来了?会不会是上次偷我鳗鱼的小狐狸阿权又跑来恶作剧了呀?

"好哇。"

兵十起身站了起来,从杂物间取出火绳枪,上了火药,然后蹑手蹑脚地靠了上去,"砰"地开了一枪,刚好打中了正从门口出来的阿权。

只听"扑通"一声,阿权应声倒地。

兵十跑了过去,一下子看到了屋里地上堆着的一堆栗子。

"天哪!"他惊讶地看着阿权。

"阿权,难道是你吗?是你一直给我送栗子的?"

阿权点了点头,有气无力地闭上了眼睛。

兵十手中的枪"咣"的一声掉到了地上,枪口处还冒着一缕青烟。

猫

郑振铎

我家养了好几次猫，结局总是失踪或死亡。三妹是最喜欢猫的，她常在课后回家时，逗着猫玩。有一次，从隔壁要了一只新生的猫来。花白的毛，很活泼，常如带着泥土的白雪球似的，在廊前太阳光里滚来滚去。三妹常常地取了一条红带或一根绳子，在它面前来回地拖摇着，它便扑过来抢，又扑过去抢。我坐在藤椅上看着他们，可以微笑地消耗过一二小时的光阴，那时太阳光暖暖地照着，心上感着生命的新鲜与快乐。后来这只猫不知怎地忽然消瘦了，也不肯吃东西，光泽的毛也污涩了，终日躺在厅上的椅下，不肯出来。三妹想着种种方法逗它，它都不理会。我们都很替它忧郁。三妹特地买了一个很小很小的铜铃，用红绫带穿了，挂在它颈下，但只显得不相称，它只是毫无生意地，懒惰地，郁闷地躺着。有一天中午，我从编译所回来，三妹很难过地说道："哥哥，小猫死了！"

我心里也感着一缕的辛酸，可怜这两月来相伴的小侣！当时只得安慰着三妹道:"不要紧,我再向别处要一只来给你。"

隔了几天,二妹从虹口舅舅家里回来,她道,舅舅那里有三四只小猫,很有趣,正要送给人家。三妹便怂恿着她去拿一只来。礼拜天,母亲回来了,却带了一只浑身黄色的小猫回来。立刻三妹一部分的注意,又被这只黄色小猫吸引去了。这只小猫较第一只更有趣、更活泼。它在园中乱跑,又会爬树,有时蝴蝶安详地飞过时,它也会扑过去捉。它似乎太活泼了,一点也不怕生人,有时由树上跃到墙上,又跑到街上,在那里晒太阳。我们都很为它提心吊胆,一天都要"小猫呢?小猫呢?"查问得好几次。每次总要寻找了一回,方才寻到。三妹常指它笑着骂道:"你这小猫呀,要被乞丐捉去后才不会乱跑呢!"我回家吃中饭,总看见它坐在铁门外边,一见我进门,便飞也似的跑进去了。饭后的娱乐,是看它爬树。隐身在阳光隐约里的绿叶中,好像在等待着要捕捉什么似的。我把它抱了下来。一放手,又极快地爬上去了。过了二三个月,它会捉鼠了。有一次,居然捉到一只很肥大的鼠,自此,夜间便不再听见讨厌的吱吱声了。

某一日清晨,我起床来,披了衣下楼,没有看见小猫,在小园里找了一遍,也不见。心里便有些亡失的预警。

"三妹,小猫呢?"

她慌忙地跑下楼来,答道:"我刚才也寻了一遍,没有看见。"

家里的人都忙乱地在寻找,但终于不见了。

李嫂道:"我一早起来开门,还见它在厅上。烧饭时,才不见了它。"

大家都不高兴,好像亡失了一个亲爱的同伴,连向来不大喜欢它的张婶也说："可惜，可惜，这样好的一只小猫。"

我心里还有一线希望，以为它偶然跑到远处去，也许会认得归途的。

午饭时，张婶诉说道："刚才遇到隔壁周家的丫头，她说，早上看见我家的小猫在门外，被一个过路的人捉去了。"

于是这个亡失被证实了。三妹很不高兴的，咕哝着道："他们看见了，为什么不出来阻止？他们明晓得它是我家的！"

我也怅然的，愤恨的，在诅骂着那个不知名的夺去我们所爱的东西的人。

自此，我家好久不养猫。

冬天的早晨，门口蜷伏着一只很可怜的小猫。毛色是花白，但并不好看，又很瘦。它伏着不去。我们如不取来留养，它至少也要为冬寒与饥饿所杀。张婶把它拾了进来，每天给它饭吃。但大家都不大喜欢它，它不活泼，也不像别的小猫之喜欢顽游，好像是具有天生的忧郁性似的，连三妹那样爱猫的，对于它也不加注意。如此的，过了几个月，它在我家仍是一只若有若无的动物。它渐渐地肥胖了，但仍不活泼。大家在廊前晒太阳闲谈着时，它也常来蜷伏在母亲或三妹的足下。三妹有时也逗着它玩，但没有对于前几只小猫那样感兴趣。有一天，它因夜里冷，钻到火炉底下去，毛被烧脱好几块，更觉得难看了。

春天来了，它成了一只壮猫了，却仍不改它的忧郁，也不去捉鼠，终日懒惰地伏着，吃得胖胖的。

这时，妻买了一对黄色的芙蓉鸟来，挂在廊前，叫得很好听。妻常常叮嘱着张婶换水，加鸟粮，洗刷笼子。那只花白猫对于这一对黄鸟,似乎也特别注意,常常跳在桌上,对鸟笼凝望着。

妻道:"张婶,留心猫,它会吃鸟呢。"

张婶便跑来把猫捉了去。隔一会儿,它又跳上桌子对鸟笼凝望着了。

一天,我下楼时,听见张婶在叫道:"鸟死了一只,一条腿被咬去了,笼板上都是血。是什么东西把它咬死的?"

我匆匆跑下去看,果然一只鸟是死了,羽毛松散着,好像它曾与它的敌人挣扎了许久。

我很愤怒,叫道:"一定是猫,一定是猫!"于是立刻便去找它。

妻听见了,也匆匆地跑下来,看了死鸟,很难过,便道:"不是这猫咬死的还有谁?它常常对鸟笼望着,我早就叫张婶要小心了。张婶!你为什么不小心?"

张婶默默无言,没用什么话来辩护。

于是猫的罪状证实了。大家都去找这可厌的猫,想给它一顿惩戒。找了半天,却没找到。我以为它真是"畏罪潜逃"了。

三妹在楼上叫道:"猫在这里了。"

它躺在露台板上晒太阳,态度很安详,嘴里好像还在吃着什么。我想,它一定是在吃着这可怜的鸟的腿了,一时怒气冲天,拿起楼门旁倚着的一根木棒,追过去打了一下。它很悲楚地叫了一声"咪呜"便逃到屋瓦上了。

我心里还愤愤的,以为惩戒得还没有快意。

隔了几天,李嫂在楼下叫道:"猫,猫?又来吃鸟了。"同时我看见一只黑猫飞快地逃过露台,嘴里衔着一只黄鸟。我开始觉得我是错了!

我心里十分的难过，真的，我的良心受伤了，我没有判断明白，便妄下断语，冤苦了一只不能说话辩诉的动物。想到它的无抵抗的逃避，益使我感到我的暴怒，我的虐待，都是针，刺我的良心的针！

我很想补救我的过失，但它是不能说话的，我将怎样地对它表白我的误解呢？

两个月后，我们的猫忽然死在邻家的屋脊上。我对于它的亡失，比以前的两只猫的亡失，更难过得多。

我永无改正我的过失的机会了！

自此，我家永不养猫。

记忆中的童谣

童谣是在幼儿的摇篮旁,伴着母亲的吟唱而进入儿童生活中的。孩子们随着年龄的增长,由感知到模仿,最终学会诵唱童谣,并从中获得审美感受。童谣的内容往往十分浅显,易为幼儿所理解,或单纯集中地描摹、叙述事件,或于简单有趣的韵语中表明普通的事理。

小耗子上灯台

小耗子,

上灯台,

偷油喝,

下不来。

"吱儿吱儿"叫奶奶,

奶奶不来,

叽里咕噜滚下来。

外婆桥

摇啊摇,

摇啊摇,

摇到外婆桥,

外婆叫我好宝宝。

糖一包,果一包,

少吃滋味多,

多吃滋味少。

小熊过桥

小熊小熊来过桥，
走到桥边瞧一瞧，
山羊公公走来了，
山羊公公您先行！
小熊真是有礼貌。

种西瓜

小小孩,

上南洼,

刨个坑儿种西瓜。

先长叶,

后开花,

结个西瓜圆又大,

乐得小孩笑哈哈。

落　叶

秋风吹,

树叶摇,

红叶黄叶往下掉。

红树叶,

黄树叶,

片片飞来像蝴蝶。

肥皂泡

肥皂泡泡,

轻轻飘飘。

太阳一照,

红了绿了。

又像樱桃,

又像葡萄。

谁爱吃它?

风儿宝宝。

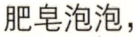 牵手阅读

我们最早接触童谣的时候,应该是在妈妈的怀抱中,那是天下最美的音符,因为它饱含了妈妈对孩子的爱。比如"摇啊摇,摇啊摇,摇到外婆桥。"就是妈妈哄孩子睡觉的时候哼唱的歌谣。童谣具有强烈的音乐性和游戏性,与儿歌的温柔相比,它散发着一种充满乡土野性的谣味儿。如"小小孩,上南洼,刨个坑儿种西瓜。先长叶,后开花,结个西瓜圆又大,乐得小孩笑哈哈"中的"刨个坑儿种西瓜"充满了冒险精神和游戏精神,这就是童谣的"野"。

穿行在魔法世界

每个人小时候都曾幻想过自己拥有魔法,幻想自己有朝一日可以到魔法世界,看那草原、房子、花园、游乐园,看那充满奇幻的世界。可是,我们知道,真正的魔法世界是不存在的,但它存在于作家的想象之中。那么,现在就跟随作家们的笔,穿行在魔法世界吧!

猎人海力布

佚名

海力布是一个好心的猎人。一天,他到深山去打猎,看见一只老鹰抓着一条小白蛇从他头上飞过。他搭箭开弓,对准老鹰射去,救下了小白蛇。

海力布做了好事正要离去,那小白蛇竟开口说话了:"您是我的救命恩人,我要报答您。我是龙王的女儿,我爸爸的宝库里有许多珍宝,您要什么都可以。如果您都不喜欢,可以要我爸爸含在嘴里的那颗宝石,含着那颗宝石,就能听懂各种动物说的话。只是,您所听到的话不能向别人说,如果向别人说了,您就会变成石头。"

海力布倒不在乎什么珍宝,但能听懂动物的话对猎人来说,实在太有用了。所以,他要了龙王的那颗宝石,从此他就能听懂鸟雀和野兽的语言了,隔着大山有什么动物他都能知道。

日子就这样平静地一天天过去。一天,海力布在深山里打猎,忽然听见一群鸟在商量着什么,仔细一听,那只带头的鸟说:"咱

们赶快飞到别处去吧！今天晚上，这里的大山要崩塌，大地要被洪水淹没，不知道要淹死多少人呢！"

海力布听了大吃一惊，也没有心思再打猎了，赶紧回家对乡亲们说："咱们赶快搬到别处去吧！这地方不能住了！"

大家听了很奇怪，忙问海力布为什么。可海力布不能说，只能不住地劝大家搬家。大家都觉得海力布发疯了，海力布急得掉下泪来："大家难道要让我死了才相信我的话吗？"

最后，海力布想通了，不把为什么要搬家说清楚，大家是不会听他的话的。再拖下去，洪水就会夺去乡亲们的生命，要救乡亲们，只有牺牲自己，说出实话。

海力布一狠心，就把如何得到宝石，如何利用宝石打猎，今天又如何听见一群飞鸟议论洪水的情形，都原原本本告诉了乡亲们。一边说着，海力布一边慢慢地从脚开始，变成了一块石头。

大家看见海力布变成了石头，都后悔极了。他们含着眼泪，扶着老人，领着孩子，搬到了高处。只见天空乌云密布，狂风怒号，大雨倾盆，山崩水涌，洪水滔滔……望着被淹没的村庄，大家都感动地说："不是海力布为大家牺牲，我们已经被洪水淹死了！"

后来，大家找到了海力布变的那块石头，把它搁在一个山顶上，让子子孙孙都来纪念这个牺牲自己、保全大家的英雄。

电话大串线

周锐

打电话就怕串线。你要找你爷爷,可对方说:"错啦,这儿是托儿所!"这多叫人恼火。不过这种事难得碰上一次。

这回可不得了,全市所有的电话一齐串线,乱成一锅粥。据说这是因为来了个外星飞碟,在咱这城市上空考察了三分钟,所以电话受到干扰。电话局负责监听线路的师傅告诉我,这三分钟里他听到了许多有意思的对话,我就把这些对话记了下来。

一个破坏分子找他的同伙联系,没想到接电话的是警察——

"喂,蜘蛛,我是跳蚤。我们的代号为'鸡飞蛋打'的爆炸计划你清楚了吗?"

"全清楚了。不清楚的是怎样才能找到你。"

"记住:今晚八点在火葬场门口见面。"

"明白啦,谢谢。实在是谢谢!"

"别忘了,晚上八点。"

"忘不了,晚上见!"

甲想同乙商量给丙送礼的事，结果丙本人代替乙听了电话——

"我说小乙，小丙快结婚了，咱们是他的好朋友，总要意思意思吧？"

"那当然，否则还算什么好朋友呢。"

"再说，咱们送礼给他，以后咱们办喜事，他会送还给咱们的呀。"

"嗯……既然是好朋友，就不要他送还了吧，啊？"

"咱们倒没什么，可小丙收了咱们的礼，能好意思不还礼吗？他不吃不穿也一定要凑上这份人情的。"

"那……那多没意思啊。干脆，也不送，也不还，行吗？"

"行是行，可小丙不会生气吗？"

"不会生气的。"

A大夫打电话给B大夫，却和C病人对上了话——

"尊敬的先生，最近我像鱼一样老喜欢吃蚯蚓，我对这病一点办法也没有，听说您手段高明，特地——"

"什么？您也有蚯蚓病？我刚得到一个方子，还没试过，但据说一定灵，先介绍给您吧。"

"太谢谢了！等一下，我去拿纸和笔……好了，请您说吧。"

"唔，医生要求：服这药时也得像鱼一样，一边游一边吃——"

"别，别说了！"

"给我开方的医生挺有名，大家叫他A大夫……"

一位旅客要坐火车去外地出差，但他打的电话串到了电影院——

"请问，五点半的票还有吗？"

"您搞错了，只有五点三刻的。"

"不，是您搞错了。我看了时刻表。"

"别说了，您是错定了。"

"您错了又不认错，就是错上加错！"

……

（他们就这样一直争下去。）

有一个匿名电话，本来是想地打到蔬菜公司干部科的——

"听说要把蝴蝶迷提升为菜场蔬菜组组长，这是不妥当的。"

"怎么叫'蝴蝶迷'？"

"就是迷蝴蝶呗，他家有好几千种蝴蝶呢。"

"这跟当组长有什么关系呢？"

"当然有关系。爱好蝴蝶必然不会专心于本职工作。再说，蝴蝶是粉蝶的亲戚，粉蝶的幼虫是吃菜叶的，这么说来，蝴蝶也就是蔬菜的敌人，怎么能让一个喜欢蔬菜敌人的人当蔬菜组组长呢？"

"感谢您提供的情况。我们准备聘请这位蝴蝶迷到我们这儿工作。"

"你们——？"

"这儿是昆虫研究所。"

一个农民捕获到一只珍奇动物，他急忙向动物园报告——

"喂，动物园，我这儿有一只怪兽，三只耳朵五条腿。"

"我这儿是自然博物馆。请问，你那怪兽是死的还是活的？"

"当然是活的。不过，它不肯吃东西，我也不知道该喂它什么。我怕弄死了，所以想请动物园快点接去，他们是行家，有办法。"

"别急，别急。听你的描述，这是一只罕见的珍稀动物，我们博物馆当然很希望能增加这样宝贵的陈列品。不过，它还活着，这就不大好办，我们只能将死动物制成标本。所以你千万别急着向动物园报告，不要怕这怪兽死了。等它一死，请立即通知我们，千万别让动物园知道！……"

一位电影导演找他的演员——

"喂，我已决定由您担任《"火气大"伯伯》这部片子的主角。"

"我？你是讽刺我吧？"

"哦，错了，我找的不是您。对不起。"

"哼，说一声'对不起'就完事啦？你做这种莫名其妙的事情，浪费了我的时间，浪费了我的精力……哼！哼！！哼！！！"

"哈哈，看来我还是没错，您的火气比我的演员大得多，就请你来扮演'火气大'伯伯吧。"

一位作曲家向电台提建议——

"我建议，最好把今天'歌曲选播'节目里的《笑个够》那首歌抽下来，换上另一首《眼泪汪汪》。"

"我不是电台，我是听众，一个歌曲爱好者。《笑个够》和《眼泪汪汪》是同一位作曲家的作品，对吗？"

"哈哈，对极了，真是意外遇知音。我就是这两首歌的作者。我认为后一首歌是我的顶峰之作，而前一首歌太幼稚，太肤浅，太不能代表我的水平了。"

"可是，我和我的许多朋友都喜欢《笑个够》，不喜欢《眼泪汪汪》。"

"是吗？……"

一位当妈妈的突然接到车祸通知——

"请镇静，女士，您儿子不幸遇到车祸。"

"天哪!"

"他已经昏迷过去。我们从他身上找到了您的电话号码。"

"呜……怎么搞的呀,他一定是被坦克撞了!"

"奇怪,您凭什么作出这样的判断?"

"因为我儿子开的是本地最大的超级卡车,除了坦克,什么车子都撞不过他的。"

"什么?原来你儿子是开卡车撞人的那个!见鬼,那骑自行车被撞的青年不住在这里?"

"哼,不知道是哪家倒霉的小子。"

豆制品厂和西餐社联系——

"西餐社,明天有一大帮外宾要来参观咱们的豆制品厂,请帮助准备三百个色拉面包。"

"对不起,我们这儿是旅行社。不过我可以立即支持你三百个面包。这本来也是准备招待客人的,可是外国旅行社派来的代表说他们不喜欢这个。对了,顺便向您订货,这位外国代表想买些中国特产带回去,让家人也一饱口福。"

"他要什么?"

"三百块臭豆腐干。"

一家商店给他们的"协作单位"通消息——

"明天有一部分紧俏商品内部处理,我们打算给你们留一些。明天整日下雨,就请后天来取吧。"

"错了,我们是气象台。不过我们也挺愿意和贵店建立这种协作关系。"

"你们也有什么内部处理的东西吗?"

"呃,我们可以提供'内部预报'。比方说,根据内部预报,明天中午十二点二十三分至五十七分雨势暂停,我们可以趁这机会来取你们的内部处理品。"

一个少年打电话向一家成人杂志社询问稿件,却遇到一位专门为孩子写作的阿姨(或是奶奶,她说话时也像写作时一样,喜欢用娃娃腔,所以听不出她的确切年龄)——

"喂,本人是文学爱好者,我的那篇描写六国间谍大混战的拙作,不知你们过目了没有?"

"嘻嘻,真逗!我呀,一听就听出来啦,你呀,还不满十五岁,是一个想装成大人的孩子,对不对?嘻嘻!"

"我也一听就听出来啦,你是一个想装成孩子的大人。"

"哟,你真机灵。你别装大人啦,咱们交个朋友怎么样?'敬个礼,握握手,你是我的好朋——'喂,喂!你……怎么挂掉了?!"

野葡萄

葛翠琳

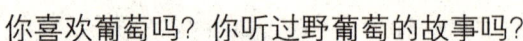

你喜欢葡萄吗？你听过野葡萄的故事吗？

秋天里的葡萄，水灵灵的特别甜。尤其是那些紫葡萄，一颗颗亮晶晶的，又大又圆，薄薄的皮里，包着蜜一样的汁，远远地望着，像成串的紫水晶球儿。所以，乡村里的人们，夸女孩的眼睛好看的时候，都说：像葡萄珠儿一样。

人们传说着：荒山里还生长着一种野葡萄，颜色是深红的，一串串就像那红色的珍珠。这样的葡萄，可不比一般哪！瞎眼的人吃了它，就会好起来。从前有一个小姑娘，瞎了眼睛，就是吃了这种葡萄又重新看见光明的。

那是一个偏僻的小村庄。村外边有一条大河，村里的人，差不多每家都养鹅。村东头有一个李妈妈，她家养鹅的年代最久，养的鹅也最多。李妈妈夫妇俩，没有儿子，只有一个小女儿。这小姑娘说来真出奇，长得像鹅毛一样白净，一对闪亮闪亮的眼睛，人人见了都说："哎呀！看她的眼睛多美啊，像荷叶上的露珠儿一样。"四乡八里的人知道了，也都说："那个小村子里出了仙女了！"

小姑娘越长越聪明，越美丽，刚满八岁，就到河边去放鹅。她常常在水浅的地方和白鹅一起玩水，亲自喂饱那只最小的白鹅。一年的工夫，那只最小的白鹅，长得比所有的鹅都大，羽毛放着光泽，美极了。她这样爱白鹅，简直不能和它们分开，那些美丽的白鹅，也亲热地跟她生活在一起。因此，村里的人都喊她"白鹅女"。

白鹅女长到十岁，爹娘先后都死去了。狠毒的婶娘霸占了兄嫂的家，就苦待起侄女来。小姑娘白天出去放鹅，夜里就睡在河边高大的柳树下，每日里只能吃到一块冷饼子。善良的白鹅，好像知道小主人的苦楚，夜里，都把翅膀盖在她的身上，守护着她。那最小的白鹅，把头伸在小姑娘的肩膀上，跟她更是亲密。

日子就这样过着，本来还可以将就地活下去。

可是过了一年，婶娘也生了个小姑娘。这个小姑娘，长得和白鹅女一样俊，只是两眼是瞎的，眼珠儿瞪着，一动也不会动。所以村里人都喊她"瞎闺女"。婶娘听了，心里很恼怒，一见白鹅女那对水灵灵的大眼睛，心里就气得慌，恨不得把它们挖出来。

一个秋天，红艳艳的苹果压弯了枝子，黄澄澄的梨子像金钟一样在树上悬挂着，葡萄一串串地吊在架上，月亮又大又明，安静地照着草地。中秋节到了。白鹅女望着河水远远地流去，不觉难过起来。家家都在过节，谁管自己呢？那厉害的婶娘会不会来喊自己回家？就在这时候，婶娘挎着一只篮子，走到河边上，狠狠地说："把鹅蛋给我装起来！"白鹅女说："婶娘，八月十五，人人都过节,带我回家,给我一串葡萄吃吧!"婶娘哼了一声说:"你就知道葡萄!别人都说你的眼睛像葡萄珠儿,给我来看看!"说罢,从河边抓起一把沙子,揉进了白鹅女的眼睛里。

狠毒的婶娘提着一篮鹅蛋回家去了,留下白鹅女,独自一人坐在河边哀哀地哭。她什么也看不见了,闭着痛楚的双眼,坐了一夜,又坐了一夜,还是什么也看不见。她哭得这样伤心,连河水都喧闹起来,好像那夏天的急雨,涨满了小溪一样。后来她想起来,妈妈活着的时候,曾告诉她,从前的人说,深山里有一种葡萄,瞎眼的人吃了它,就可以看见光明。她想:呆在这里,也是瞎着眼等死,倒不如往荒山里去寻野葡萄,或许能找到,重新看见光明。于是她爬起来,顺着河边往前走。小白鹅嘎嘎地叫着,跟在她后边。她抱起小白鹅来说:"小白鹅,我的亲人,人说你们能听懂河水的话,你向小河打听一下,它能不能把我带到一座高山跟前去?"小白鹅叫了两声,扑地一下跳进河里,白鹅女骑在它身上,小白鹅拍拍翅膀就逆着水往上面游去。一面游,一面回头嘎嘎地叫,好像说:"我的小主人!河水告诉我们:顺着水游容易,逆着水游难,但水是由高山往下流,我们只有逆着水游才能找到山呀!"白鹅女同意地点点头,搂搂它的脖子,它就不叫了,愉快地向前游去。

冷飕飕的风从河面吹过,水流越来越急,小白鹅不住地打旋,白鹅女浑身不住地抖着,她害怕起来,哪里有高山呢?也许,还没有找到它,就掉进河里淹死了!可怜没爹没娘的孩子,谁也不会寻找她,只有小白鹅将为她难过。她抚着白鹅的羽毛,心里想:小白鹅多么可爱呀!假使我死了,谁又来照料它呢?越想越难过,不觉流下滴滴的眼泪来。

就在这时候,她听到哗哗的山水声,好像暴雨敲打着屋檐一样。莫不是前边有一座山了?或许这条河就是从那里流出来的呢!她鼓足了劲儿,伸开两条腿,帮着小白鹅用力划水。山水的声音越来越响,她的脚下触到了圆滑的石头,不是一颗颗的石子,是大块大块凹凸不平的石头地。真的到了一座山脚下吗?白鹅女跳下来,浅浅的水流从她的腿旁流过,打着漩涡。她抱住小白鹅,亲了又亲,然后说:"我的小白鹅!你回家去吧!我到山里寻找野葡萄去了。"说罢和它告别,就往前边走。

她真的找到了一座山。这是一座荒山,从来没有人来过,满山的怪石头,刺蒺藜,有眼睛的人都找不出路来。白鹅女到了山根下,就想:"但愿能找到野葡萄就好啦!"她攀着山石往上爬,抓住一把草,草上有刺扎破了她的手,她踩住一块石头,石头滚落下去,可是她就这样:爬上去,滚下来;滚下来,又爬上去。爬了很久很久……

后来,她爬到一棵老松树下,停下来,想喘喘气。忽然,听见两声怪叫,白鹅女急忙爬到老松树的顶上,紧紧地搂着树枝,一动也不敢动。她听着那叫声渐渐地近了。从声音,她听出来那是一只老熊。她害怕极了。她听人说老熊站起来比一条大犍牛还粗、还大,它的眉毛和身上的毛一般长,前脚上的两只大掌像钢盘一样,上边结着厚硬的茧子,它一下子能拔起一棵树呢!它要摇这棵老松树可怎么办呢?……但老熊前望望,后瞧瞧,山风一个劲儿往它脸上吹,吹得眉毛挡住了它的眼睛,它就没有看见白鹅女。白鹅女把脸贴在树干上,悄悄地躲着,老松树用叶子遮盖着她。老熊叫了几声就跑过去了,只有那被惊起的鸟儿,唧唧喳喳叫着,满山乱飞。

白鹅女累了。她坐在老松树上,渐渐打起瞌睡来。山风摇动着松树枝,百灵鸟叫得多好听呀,好像妈妈唱的催眠曲,那样轻,那样温柔。白鹅女睡了,睡得甜甜的。温暖的阳光,透过树荫,映在她美丽的脸上。这时候,她梦见了什么呢?

忽然,一阵旋风刮过来,几乎把白鹅女从树上掀掉。原来是一只大野鹰。它飞到老松树的顶上,扇动着两只大翅膀,把整个树顶都遮住了,两只大爪,像铁钩子一样,紧紧地抓住树干。老鹰张着尖利的嘴,狠狠地敲打着树枝,像斧头砍的一样。但是老鹰高高地仰着头,望着天空,却没有看见白鹅女。白鹅女机警地从它的翅膀底下顺着树干滑下来,老鹰张开大嘴叫了几声就飞去了,只有那老松树,摇动着松枝沙沙地响。

白鹅女告别了老松树,继续往前爬。她的衣服撕破了,脸上手上都流出了鲜血。她爬呀,爬……摸到一块大石头,又凉又滑,好像那海水里长满青苔的岩石,她往上一坐,哧溜一下,石头跳起来飞出了好远。原来是一条盘卧着的大蟒。这大蟒有多少年了?谁也不知道,水桶还没有它粗呢!但它没有咬白鹅女,一直窜过山涧去不见了。白鹅女虽然很害怕,可是她想:找到野葡萄就能活了,这样瞎着眼一直到死,还不如给野兽吃掉。于是她仍旧很勇敢地往前爬……

她爬到一座山崖下,实在没有力气了,就想坐下来休息一会儿。她伸出两手寻摸一块平坦的山石,预备坐下去,但是因为她看不见,两手朝着悬崖的边缘扑过去,一下子就掉进了山洞里。

直到深夜，她才苏醒过来。山水冲积下的淤泥救了她。她没有摔死，只是跌伤了。她听见泉水淙淙的响声，就摸着往前爬。爬到一股泉水边，洗洗手，冲冲脚。真奇怪，摔破的伤痕立刻就好了，全身都恢复了力气。她想：也许这条泉水，能把我带到长野葡萄的地方去吧！她就顺着这条泉水往前爬。爬着，爬着，一下子又跌进深谷里，她闭着眼，听着风声从耳边呼呼地飞过，她想：要摔死了！忽然，什么东西接住了她，轻轻地荡上荡下，像秋千一样。她伸出小手一摸，仿佛是几根藤茎，手攀着藤子往上爬，一颗凉凉的水珠，碰到脸上滚落下来。多奇怪！这是哪里落下的水珠儿呢？她在四周摸来摸去，就摸到一串圆圆的，凉凉的东西。用力一抓，流出滴滴的黏汁来。放在舌头上尝一尝，甜腻腻的，带着一股醉人的清香。这不是野葡萄吗？她摘下一串，又一串，把嘴塞得满满的，吃了又吃。一下子，她两眼忽地明亮了。她看见满山崖上生长着野葡萄藤，藤蔓上悬结着深红色的野葡萄，薄薄的果皮像珍珠一样透明，亮晶晶地闪着光，深绿色的叶子，像翡翠一样，遮满了山崖。白鹅女抱着藤子，望望天，天上蓝蓝的，飘着几朵白云，白云下边是山峰。山上的水是那样的清，那样的暖，淙淙地往下流，冲洗着白鹅女身边的野葡萄藤，流向那深深的山谷。也许，就因为被这样的泉水浇灌着，这样的山风吹拂着，这样的阳光照耀着，这野葡萄才长得这样甜，这样美丽，像红珍珠一般。泉水两边石头缝里的野花，开得多么好看。花丛中的果木树，结着累累的果子……世界是多么美呀！白鹅女坐在藤子上，拍着手，两脚荡来荡去，唱起快乐的歌。

她一边唱，一边用藤蔓编篮子。篮子编成了，装了满满一篮野葡萄。她高兴地想："好了！村内磨房里那瞎眼的老头儿，不用再摸着墙根儿走路了。让他吃了野葡萄，睁开眼看看天上的星星，看看明亮的阳光！那吹笛子的盲艺人，不用再让儿子领着走路了，给他吃些野葡萄，也让他看看路边的草长得多么绿！还有那瞎眼的小妹妹，让她看看我们的白鹅，多么白，多么漂亮……"

白鹅女顺着藤茎爬到了谷底，就沿着山石往前走。但是她走完一个山谷，还是山谷；翻过一个山崖，还是山崖，怎么也找不出一条通往山外的路来。月亮又大又明，她望望四周接连不断的山峰，发起愁来。怎么回家呢？这时候，天空飞过一群鸟，接着又是一群，又是一群，红色的、绿色的，五光十色，一队接着一队，遮满了天空。白鹅女想：要是有一只鸟把我带出山去就好了！但是鸟群没有理她。它们嘴里都衔着食，很快地向北方飞去了。她叹了口气，望着又圆又大的月亮，重新发起愁来。这时候，山顶忽然刮起一阵风，成群的野兽在奔跑。有狮子，有老虎，还有白毛红眼睛的兔子，长角的梅花鹿……它们嘴里叼着吃食，向着西北方和东北方跑去。白鹅女吃惊地躲在岩石的后边。她奇怪，它们是从哪儿来的？过了一会儿，一切都平静了，她便朝着鸟群野兽来的方向往前走去。翻过了几座山头，就看见一块宽阔的草地。草地的对面是高入云层的山崖，旁边是密密的树林和谷地。草地上堆满了瓜呀，果子呀，还有各类的种子……白鹅女怔住了，这是什么地方呢？她曾经听到过关于山神和野兽大聚会的传说，也许……就在这时候，她看见一位高大的石头老人，从对面的山崖上朝她走过来。他左肩披着绿丝绒，右肩披着五彩锦，前身挂着各种兽皮和羽毛，头上戴着黄金冠，脚上穿着水晶鞋，手里拿着银手仗,脖子上挂着各种宝石和珍珠做的项圈儿。在月光底下,鲜艳的光彩,照得满草地上亮闪闪的。白鹅女回头想跑,已经来不及了。石头老人站在她面前,问她:

"为什么你不到东、不到西,偏偏来到我这里?谁领你来的?"

白鹅女紧紧地搂着自己的篮子说:

"没人领我,没人带我,我自己来的。"

石头老人不相信地摇摇头,说:

"你小小的年纪,没友没伴儿,怎么认识到我这儿来的路呢?它可不是容易找到的。"

白鹅女害怕地说:

"我不认识路。因为看见一群鸟从这里飞出去,一群兽从这里跑出去,我朝着这个方向翻过几个山头,就找到了。"

石头老人笑了笑,说:

"好伶俐的小丫头,你来找我要什么呢?"

这时候,白鹅女就大胆地说:

"我本来不是来找你,只是想看看,这是什么地方。现在求你送我回家吧!"

"回家?"老人望望白鹅女,望望她手里的篮子说:"你的家在哪儿呢?为什么你一个人跑到山里来?"

白鹅女见他很和气,就不再害怕,把自己的遭遇,从头到尾说了一遍,还举起篮子里的葡萄给老人看。

石头老人听了,拍拍她的头说:"好孩子,你真聪明,真勇敢。我很喜欢这样的孩子!跟我留下吧,我愿意收养你做我的女儿。"

白鹅女望望他,奇怪地问:"不知你的名,没问你的姓,你是谁呢?"老人哈哈大笑说:"我吗?我就是这山里的神。你看吧……"他抱起白鹅女,往前一指,就见各种的果树:野苹果啦,山里红啦,一片片红的、黄的、紫的,永远也吃不完。他往洞里一指,就有无数的灰鼠皮啦,貂皮啦,挂满了洞。他又往山上一指,山就裂了开来,里边的宝石啦,绿玉啦,比天上的星星还多。看完了,老人把她放到地上问道:"怎么样?留下吧!林里鸟兽听你的话,山里财宝尽你玩儿。"白鹅女想了想,问老人说:"我留下做什么呢?"老人说:"帮我看守宝石。你可以守着彩色宝石玩,也可以爬到树上采果子,还可以看小兔子跳舞,听小鸟唱歌。成天舒舒服服地吃、玩……"但是白鹅女说:"不!我不愿意呆在这儿。我要回家。"石头老人奇怪地问:"为什么?"白鹅女说:"我要把这野葡萄,带给磨房里做工的瞎老头儿,让他不再摸着墙根走路,把头撞在门上,让他也看看天上的星星,是多么亮。也带给那吹笛子的盲艺人,让他不再跌进泥坑里,让他看看路边的草,是多么绿。还带给我的小妹妹,让她也能从屋里走出来。到河边看看那可爱的白鹅……他们会多么高兴啊!"

老人劝她说:"你跟我留下,有享不完的幸福,说不尽的快乐。哪有这样好的地方呢?"但白鹅女摇摇头,坚决不肯。老人有意要试试这个小姑娘的胆量,他噘着胡子,吹出一大口气,白鹅女便被吹到半空中。风声在她耳边呼啸,吹得她睁不开眼睛。等她落下地来,老人问她:"怎么样?愿意跟我留下吗?"但她还是摇摇头:"不!我不愿意留在这里。"

老人更生气了。他哼了一声,一口气把白鹅女吹到云层上边。风卷着她,翻上翻下,她紧紧地抱着篮子,不住地折跟头。当她落下地来，老人问她："怎么样？还要回家吗？"白鹅女仍旧回答："我要回家。"

老人张开大嘴，直着胡子吹了一口气。立刻刮起漫天的大风。沙石在空中乱飞，发出吓人的呼啸声，白鹅女被风卷上去，翻下来，不住地在半空里打转。但她落到地上时，仍旧坚决地说："不！我不愿意留下。我要回家。"

她以为石头老人一定要更严厉地惩罚她了。但老人却把她抱在怀里，摸着她的头亲切地说："你真是个勇敢、善良的好孩子。谁接待了你，都会幸福的。"他顺手折了一根绿树枝，放在白鹅女手里，说："拿着它吧！回家的路远着呢！有了它，你就不会累了。"白鹅女刚要向老人道谢，老人把手一挥，一阵轻轻的风，就把她吹送到了山脚下。

白鹅女不知道怎样回家，就一直往前走。这树枝真是奇怪的树枝，拿在手里，走起来又轻又快，像风吹送着她一样。她走了很久，来到一片麦田里。炎热的太阳，晒干了地皮，麦苗子好像秋天的枯草，扑倒在地面上。田边上坐着一个老头儿，飘着银白色的长胡子。他那干皱的脸，好像枯老的树皮。他不住地摇着头叹气，谁见了都会难过的。白鹅女跑过去，拉着老头儿的胳膊问道："老爷爷，你为什么坐在田边上叹气？"老头儿摸摸她的头，说："好孩子，像你这么大的时候，我就开始种地，把一颗颗种子埋进土里，把一粒粒粮食收进袋里，用短把子薅刀除掉每一棵草，用眼泪和汗珠浇灌每棵苗儿。一年又一年，我的汗水流尽了，眼泪流干了，现在我这瞎老头儿只有守着这块土地叹气。"白鹅女放下手里的篮子，拿出一串野葡萄，一颗，又一颗，放进老头儿的嘴里。老头儿吃着，咽着。忽然，两眼亮了起来。他看见自己的庄稼，看见火炎炎的太阳，还看见地下一股清莹的泉水。老头儿抱着白鹅女高兴地说："我不再用汗珠眼泪浇地了。我要把那泉水引到地面上来。"

白鹅女又往前走。天开始下起毛毛雨来。她走过一座茅屋，听见里面哀哀的哭声。推开门走进去，一位老妈妈伏在机子上，眼泪像雨丝一样往地下淌。她问老妈妈："妈妈，你为什么伏在机子上哭？"老妈妈摸摸她的头，断断续续地说："好孩子，像你这么大的时候，我就开始织丝。一年又一年，把各种颜色的丝线穿起来，织成漂亮的绸子。梭儿来回地飞，眼睛也随着它跑，现在我的眼睛瞎了，梭儿停了，乱丝把我缠在机子上，我既看不见乱丝的头儿，也看不见绸子的花样，我什么也看不见。"说完，又伤心地哭。白鹅女揭开篮子盖，拿出一串野葡萄，一颗，又一颗，放进老妈妈的嘴里。老妈妈吃着，咽着。忽然，什么都看见了。她找到了乱丝的头儿，看见了最美丽最细致的花样。她抱住白鹅女高兴地说："好孩子！妈妈将织出多么漂亮的绸子呀！"

白鹅女继续往前走。她走到一片草原上。天开始刮起大风来，漫天的黄风，吹荡着一望无际的草原，好像起伏的波浪。风声夹杂着断断续续的牧歌，好像孩子哭一样。白鹅女找来找去，找到一队羊群。一只大公羊的身上，骑着一个小牧童，戴着一顶圆圆的小红帽儿，手里拿着一支小羊鞭儿。他唱着凄凉的牧歌。羊群低着头，紧紧迫在他身后边。白鹅女跑过去，拉住大公羊的角，抱住了小牧童，温和地问："小兄弟，什么事让你这样伤心！莫非公羊的角撞了你的头？莫非大风扬沙迷了你的眼？告诉我，我愿帮你的忙。"小牧童从羊背上跳下来,搂住白鹅女的脖子,说:"小姐姐,我生下来就没有眼睛。一天到晚骑在羊背上,跟着爸爸赶上羊群放羊。走遍了山坡草地,走过了树林草滩。我什么也看不见,什么也望不着。今天爸爸回去寻干粮,遇上大风一直没回来,我和羊群往哪儿去呢?大风把我们赶到东,赶到西,现在不知到了哪里!"说完,呜呜地哭起来。白鹅女亲亲他的头说:"小兄弟,不要怕。让我来帮助你。"她摘下一颗野葡萄,放进小牧童的嘴里。接着又放进一颗,两颗……小牧童的眼睛就亮起来,看见了一切。他高兴地抱着白鹅女,又跳又笑,唱起最快乐的歌儿。他唱得那样好听,那样动人,连风也止了,沙也住了,小鸟都远远地飞来,蔚蓝的天空聚集起白云,白云的后边,透射着灿烂温暖的阳光。

　　白鹅女又继续往前走……

　　她走过一个地方,又走过一个地方。最后她回到了家乡。家乡亲切地欢迎着她。只是她那狠毒的婶娘早已得病死去了。白鹅女便让那磨房里的瞎老头儿看见了天上的星星,让那盲艺人看见了路边的绿草,让小妹妹看见了白鹅……她还让很多很多瞎眼的人看见了光明。

你说好笑不好笑

人类所具有的无边的想象力,让我们永远都不满足于现实世界。我们渴望用想象力来创造一个不同于现实世界的新天地。想象力是脱离了传统的幻想尝试,多多少少要有点好奇心。孩子是最具想象力的,因此一些富于联想的儿歌格外受到孩子们的喜爱。

一对蝈蝈吹牛皮

闲着没事儿上家西,遇到两个蝈蝈吹牛皮。

大蝈蝈说:"我在南山吃了只鸟。"

二蝈蝈说:"我在北山吃了只鸡。"

大蝈蝈说:"我在东山吃了只狗。"

二蝈蝈说:"我在西山吃了只驴。"

大蝈蝈说:"我在关外吃了只虎。"

二蝈蝈说:"我在东海吃了条龙。"

它们吹得正起劲,从南来了只大公鸡,

两个一见生了气。

伸伸腿,捋捋须,一齐奔向大公鸡。

想吃公鸡没吃成,"得儿"一齐喂了鸡。

真稀奇

稀奇稀奇真稀奇，

麻雀踩死老母鸡，

蚂蚁身长三尺六，

八十岁的老头坐在摇篮里。

老鼠拉个大狸猫

小槐树，结樱桃，

杨柳树上结辣椒。

吹着鼓，打着号，

抬着大车拉着轿。

苍蝇踏死驴，蚂蚁踩塌桥。

葫芦沉了底，石头水上漂。

小鸡叨个饿老雕，

老鼠拉个大狸猫。

你说好笑不好笑？

颠倒歌

太阳从西往东落,听我唱个颠倒歌。

天上打雷没有响,地下石头滚上坡。

江里骆驼会下蛋,山上鲤鱼搭成窝。

腊月苦热直淌汗,六月暴冷打哆嗦。

黄河中心割韭菜,龙门山上捉田螺。

捉到田螺比缸大,抱了田螺看外婆。

外婆在摇篮里哇哇哭,

放下田螺抱外婆。

错了歌

刚过十二点,太阳就落坡。

鸭子逃上树,猫儿进了窝。

蝙蝠天上飞,正把蜜蜂捉。

狗儿不怕热,舌头嘴边拖。

飞来萤火虫,把我手烫破。

蚊子嗡嗡叫,直往灯上落。

月圆星星多,怎能不唱歌。

请你想一想,唱错没唱错。

牵手阅读

想象力是一种幻想,一点不寻常的联想力,近于"怪"。前面的几首儿歌,就具有丰富的想象力。无论是"蚂蚁身长三尺六,八十岁的老头坐在摇篮里"还是"小槐树,结樱桃,杨柳树上结辣椒",听起来都让人觉得啼笑皆非。但正是这些让人觉得啼笑皆非的语句,却满足了孩子对于新奇事物的幻想。

智慧在古老的故事里呈现

智慧是石,敲出星星之火;智慧是火,点燃希望的灯;智慧是灯,照亮夜行的路;智慧是路,引你走向黎明;智慧犹如指南针,在迷路时为我们指引前进的方向;智慧犹如亲切的老师,在迷惑不解时给我们巨大求知的力量。

少了一个马掌钉

英国寓言故事

范庆华 译

查理三世国王准备拼死一战。里奇蒙德伯爵亨利带领德军正迎面而来,这场战斗将决定谁统治英国。

战斗即将打响的那天早上,查理派了一个马夫去为自己备马。

"快点给它钉掌,"马夫对铁匠说,"国王希望骑着它打头阵。"

"这可能需要等一等,"铁匠回答,"我前几天给国王全军的马都钉了掌,现在我得找点儿铁片来。"

"我没时间等了。"马夫不耐烦地叫道,"国王的敌人正在推进,我们必须在战场上迎击敌兵,有什么你就用什么吧。"

铁匠埋头干活,从一根铁条上弄下四个马掌,把它们砸平、定型,固定在马蹄上,然后开始钉钉子。打了三个掌后,他发现没有钉子来钉第四个掌了。

"我需要一两个钉子,"他说,"这可能需要一些时间。"

"我告诉过你我没时间等了,"马夫急切地说,"我听见军号了,你能不能凑合一下?"

"我能将马掌钉上,但是不能像其他几个那么牢实。"

"能不能挂住?"马夫说。

"应该能,"铁匠回答,"但我没把握。"

"好吧,就这样,"马夫叫道,"快点儿,要不然国王会怪罪到咱们头上的。"

两军交战了,查理国王冲锋陷阵,鞭策士兵迎战敌人。"冲啊,冲啊!"他喊着,率领部队冲向敌阵。远远地,他看见战场另一头自己的几个士兵退却了。如果别人看见他们这样,也会后退的,所以查理策马扬鞭冲向那个缺口,召唤士兵调头战斗。

他没走到一半,一只马掌钉掉了,战马跌翻在地,查理也被摔到了地上。

查理国王还没有抓住缰绳,惊恐的马就跳起来逃走了。他环顾四周。他的士兵们纷纷转身撤退,敌人的军队包围了上来。

他在空中挥舞宝剑,"马!"他喊道,"一匹马,我的国家倾覆就因为这一匹马。"

他没有马骑了,他的军队已经分崩离析,士兵们自顾不暇。不一会儿,敌军俘获了查理,战斗结束了。

从那时起,人们就说:

少了一个铁钉,丢了一只马掌,

少了一只马掌,丢了一匹战马,

少了一匹战马,败了一场战役,

败了一场战役,失了一个国家,

所有的损失都是因为少了一个马掌钉。

穷人的沉默

佚名

有一天,一个农夫把他的马拴在一棵树上,然后坐下来吃午饭。这时,一个富人也把自己的马往同一棵树上拴。

"请不要把你的马拴在这棵树上。"农夫说,"我的马还没有被驯服,它会把你的马给踢死的!"

但是,这个富人回答说:"我愿意把我的马拴在哪里就拴在哪里!"就这样,他把他的马拴牢后,也坐下来吃午饭。然而,不一会儿,他们就听到了可怕的嘶鸣声,并看到两匹马踢咬起来。两个人向马奔去,但已经迟了——富人的马已经被踢死了。

"看到你的马做的好事了吧!"富人咆哮道,"你必须赔我一匹马!"说着,拉着农夫去见法官。

法官问农夫:"你的马真踢死他的马了吗?"农夫什么也没回答。接着,法官又对农夫提了许多问题,农夫还是一字不答。最后法官颓丧地说:"这有什么办法呢?他是个哑巴,不会说话。"

"哦?"富人惊奇地喊道,"他可以像你我一样讲话呀!我刚见到他时他还说话来着呢！"

"真的吗？"法官问道，"他跟你说什么啦？"

"当然是真的！"富人回答说，"他告诉我，不要把马拴在他拴马的那一棵树上。他的马还没有被驯服，如果拴在一起，他的马会踢死我的马的。"

"哎呀！"法官说，"这样说来你是无理的了，因为他事先曾警告过你。因此，现在他是不应该赔偿你的马的。"

这时，法官又转向农夫，问他为什么不答他的问话。

农夫说道："因为我知道，你宁愿相信富人的万语千言，也不愿相信农夫的只言片语。同时，我想让他告诉你事情的所有过程。你看，现在你不是已经弄清楚谁是谁非了吗？"

牵手阅读

智慧是什么？智慧是苹果树上的一个苹果落地，牛顿发现了万有引力；智慧是阿基米德洗澡时看到水溢出，从而找到测量不规则物体体积的方法；智慧是爱迪生为发明白炽灯，实验了两千多次灯丝的坚持；智慧更是农夫法庭上的沉默不语，却轻而易举地还了自己清白。

一块烫石头

[苏]阿·盖达尔 成建 译

村里有个孤老头,他身体很不好,靠编篮子啊,缝毡靴啊,看守农庄果园不让孩子进去啊过日子。

很久以前,他从老远的地方来到村中,可大家一眼就看到,他吃了很多苦。他瘸着腿,头发过早地白了,还有道弯弯的深疤打颊帮一直通过了嘴唇。这一来,就算是笑,他那张脸看上去也凶巴巴的。

有一回,一个叫小伊凡的孩子爬进农庄果园,想偷几个苹果吃。没想到,裤腿在围墙钉子上一划,扑通一声落到下面带刺的醋栗丛里了,刺得他浑身是伤,哇哇大哭。好,这一下给看守人抓住了。老头儿满可以拿荨麻抽他,甚至拖他到学校去告状,可老头儿可怜小伊凡。小伊凡两只手都刺伤了,裤腿也撕破了,一块破布片挂在屁股后面,像条羊尾巴,通红的脸颊上扑嗒扑嗒地淌着眼泪。

老头儿没吱声,把吓破了胆的小伊凡从园子门带出去,放他走了,没打他一下,甚至没有在背后说他一声。

小伊凡又羞又恼,溜进林子,走着走着迷了路,到了一个沼地那儿。他累坏了,看见青苔中间露出一块浅蓝色的石头,就往石头上一坐。可他马上哎哟一声跳得老高,因为他觉得自己就像坐在一只野蜂上面,野蜂打裤子后面那个窟窿狠狠地蜇了他的屁股。

等他回头一看,石头上根本没有野蜂,是石头烫得像煤块似的,石头平面上还露出些字,给泥糊住了。

这是块魔石头——小伊凡马上猜着了!他踢下一只鞋子,拿鞋后跟赶紧去擦掉石碑上的泥。

他于是读到这样的碑文:

谁把这块石头搬到山上打碎,
谁就能返老还童,从头活起。

碑文后面还有个图章,不是普普通通的圆图章,像村苏维埃盖的;也不是三角图章,像合作社发票上盖的。这图章要复杂得多,有两个十字,三条尾巴,一个圈圈加一竖,还有四个逗号。

小伊凡读了碑文,觉得很不痛快。他才八岁,虚岁九岁。要是从头活起,他一年级就得再念一年,这他想都不敢想。

这块石头要是让他不用念学校里的功课,一下子就从一年级跳到三年级,那又另当别论了!

可大家有数,即使是神通广大的魔石头,也从来没有这种法力。

愁眉苦脸的小伊凡从果园经过,又看到了那老头儿。只见他正在咳嗽,老停下来喘气,手里提着桶石灰浆,肩膀上掮着把树皮丝刷子。

小伊凡这孩子心地很善良，他心里想："瞧这个老人，他本来可以随便用荨麻打我，可他可怜我，没有打。现在让我也可怜可怜他，叫他返老还童吧，这样他就不再咳嗽，不再瘸腿，呼吸也不再那么苦恼了。"

好心的小伊凡于是怀着一番好意，来到老头儿面前，开门见山，把事情一五一十告诉了他。老头儿好好地谢过小伊凡，可是不肯离开果园上沼地去，因为他怕有人趁这个机会溜进果园，把水果偷得一个不剩。

老头儿叫小伊凡自己到沼地上去，把石头挖出来，搬到山上去。他待会儿上那儿，马上拿样什么把石头敲开。

事情闹成这样，叫小伊凡很不高兴。

可他没有拒绝，他不想让老头儿生气。第二天早晨，小伊凡拿起厚麻袋，带了双粗麻布手套，为的是不让手给石头烫伤，就上沼地去了。

小伊凡弄得浑身是泥，一塌糊涂，好容易把石头从沼地里挖了出来，接着他就吐出舌头，在山脚的干草上一躺。

他心里说："好吧！我把这块石头推到山上去，等会儿瘸腿老头儿来了，就敲碎石头，返老还童，从头活起啦。大伙儿都说他一辈子吃够了苦。他年纪大了，孤零零的，挨过打，遍体鳞伤，不用说，从来没得到过幸福，别人却得到过。"他小伊凡虽然小，这种幸福也得到过三次。一次是他上学要迟到了，一位素不相识的司机用闪闪发亮的小汽车把他从农庄养马场一直送到了学校门口。一次是春天里，他赤手空拳在沟里捉到一条大梭鱼。还有一次是米特罗方叔叔带他进城过了一个快活的五一节。

小伊凡慷慨大方地拿定了主意:"好,就让这位不幸的老头儿过一下好日子吧。"

他想到这里,站起身子,耐心地把那块石头推到山上去。

太阳快下山了,老头儿才上山向小伊凡走过来,这时小伊凡已经筋疲力尽,浑身发抖,蜷成一团,在烫石头旁边烘烤又脏又湿的衣服。

"老爷爷,你怎么不带锤子、斧子、铁棍啊?"小伊凡惊奇地叫起来,"难道你想用手把石头砸碎吗?"

"不,小伊凡,"老头儿回答说,"我不想用手把石头砸碎。我根本就不想砸碎它,因为我不想从头活起。"

老头儿说着,走到惊奇的小伊凡身边,摸摸他的头。小伊凡感到老头儿沉重的手掌在哆嗦。

老头儿对小伊凡说:"当然,你一定以为我老了,瘸着腿,残废了,很不幸,其实我是天底下最幸福的人。

"我这条腿是给一根木头咔嚓压断的,可那时候我们是在推倒围墙——唉,还没经验,笨手笨脚的——正在构筑街垒,举行起义,要推翻你只在画片上看到过的沙皇。

"我的牙给打落了,可那时候我们被关进了监狱,齐声歌唱革命歌曲。我的脸也在战斗中被马刀劈伤,可那时候最早的人民团体已经把白匪打败,并且把他们击溃了。

"我得了伤寒病,待在又矮又冷的板棚里,躺在干草上翻来覆去折腾,说着胡话。可有一件事比死更可怕,就是我听说我们的国家遭到包围,敌人的军队要战胜我们。然而,我在重新闪耀的太阳的第一道光芒中清醒过来,我知道了,敌人又被击溃,我们又进攻啦。

"我们这些幸福的人相互从一张病床向另一张病床伸出了瘦骨嶙峋的手,当时胆怯地幻想着,即使不在我们生前,也在我们死后,我们的国家将变得像今天这样的强大。傻伊凡,这还不是幸福吗?!我为什么要另一次生命,要另一个青春时代呢?我曾经是过得很苦,可我过得光明正大!"

老头儿说到这里停下来,拿出烟斗来抽。

"对的,老爷爷!"小伊凡听了轻轻地说,"既然这样,这块石头本可以安安静静地躺在它那个沼地上,我干吗费劲把它搬到山上来呢?"

老头儿说:"让它给大家看到,小伊凡,你看看以后会怎么样吧。"

许多年过去了,那块石头依然在那山上原封不动,没有被砸碎。

不少人在它旁边经过,走过来把它看看,想了想,摇摇头,又走了。

我有一回也到过那山上,当时我情绪很坏。我想:"怎么样,让我把石头砸碎,从头活起吧!"

可是我站着站着,及时改变了主意。

我想,邻居们看见我返老还童就会说:"哈哈,瞧这小傻瓜!他显然没有把一辈子像样地过好,没得到自己的幸福,如今又想从头再来一次了。"

我捻了根烟卷,为了不浪费火柴,就着烫石头点着了。接着,我沿着我自己的路,走了。

爱的能量有多巨大

爱,是一个令人陶醉的字眼,它为人类创造了五彩斑斓的生活。爱的世界是充满阳光和色彩的世界,我们很难想象失去了爱的世界会是多么的可怕。当人们沐浴在爱的阳光中时,冷漠会化为亲切,仇恨也会化为宽容。爱具有巨大的感染力,它从一个人传到另一个人的身上,让饥寒交迫的人感到人间的温暖,让濒临绝境的人看到希望,人世间最温暖的力量就是爱。

费鲁乔和奶奶

[意]亚米契斯　米诺　译

那夜，费鲁乔的家里特别冷清。开杂货铺的父亲到城里配货去了，费鲁乔的小弟弟患了眼病，母亲带着他到市里看医生了。家中只剩下残疾的老祖母和十三岁的费鲁乔。他家后面有个小天井，和餐厅之间有个小储物间，周围围着篱笆，篱笆上有一扇小木门。

夜渐渐深了，忽然刮起风又下起雨来。费鲁乔在外面玩耍，祖母担忧他，一直不睡，在大安乐椅上一动不动地坐着。她经常这样度过整个白天，有时竟这样坐到天明，因为她呼吸不通畅，不能躺在床上睡觉。

雨不停地下着，风吹雨点拍打着窗门。费鲁乔回家的时候疲惫极了，身上沾满了泥，衣服也撕破了好几处，额头上还被砸了一个包。他今晚又和人赌博，把钱输光了，就跟人打了架。

餐厅里只有一盏小的油灯，祖母在昏暗灯光中看见那孩子狼狈的样子，便让他老实说出所做的坏事。等她明白了一切情形，就哭泣起来。过了一会儿说：

"唉！你完全不想着你的老祖母哇！没有良心的孙子！趁你父母不在家，就这样使祖母伤心！你把我扔在家一天，不闻不问！你要小心哪，你正走上坏路呢！如果这样下去，是不会有好结果的！你现在不好好读书，终日在外游荡，和别的孩子打架、花钱，甚至还扔石头、动刀子，恐怕结果将由赌棍变成可怕的盗贼呢！"

费鲁乔低着头听着祖母的训斥，双眉紧皱，那漂亮的栗色头发垂落在额头上，一双蓝眼睛低垂着一动不动。

祖母啜泣说："费鲁乔哇！你看看村里那无赖汉维多·莫左尼吧！他成天和狐群狗党在街上游荡，为非作歹，二十出头已进过两次监牢。他那可怜的母亲，最后为他忧闷而死，父亲一气之下逃到瑞士去了。他小时候也和你现在一样！你要让你父母也受那样的苦吗？"

其实费鲁乔的心还是好的，他的所作所为出于一时冲动，并无恶意。他父亲平常也太宽纵他了，知道自己的儿子有优良的本质，小事往往并不计较，有时故意观察考验着他，等他自己觉悟。这孩子很刚硬，就是心里知道错了的时候，要想让他说道歉，也是非常困难的。有时心里充满了柔和的情感，但他的自尊心却不会使他轻易将情感表露出来。

祖母见孙子默不作声，继续说："你连一句认错的话都没有吗？不要让已经命在旦夕的我，这样为你操心难过呀！我多么爱你呀！你小的时候，我每夜起来替你推摇篮；为了让你高兴，我省下好吃的东西留给你。我时常说，'这孩子是我将来的依靠呢。'现在你居然要杀了我呀！就是要杀我，也不要紧，但愿你变成乖顺的孩子，像我以前带你到教堂里去祈祷的时候那么乖。你还记得吗？那时你把小石子呀、采来的花草呀，塞满我的口袋呢；你睡熟了，我一路抱着你回来。现在我瘫痪了，就像需要空气般需要你对我的爱。哦，上帝呀！"

费鲁乔被祖母的话感动了，正想投到祖母的怀里去。忽然听见天井隔壁的房屋中有轻微的响动。他侧耳朵听，大雨如注，那个声音又重复了一次，比上次还响，连祖母也听到了。

"那是什么声音？"祖母很担心地问。

"大概是雨。"费鲁乔说。

老人拭着眼泪说：

"那么，费鲁乔！你答应我以后要规规矩矩，别再让我担心流泪呀！"

那声音又响起来了，老人吓得脸色苍白，大声说："我听这不是雨声呢！你去看看！"随即又牵住了孙子的手说："你别去了。"

两人屏息不出声，只听见哗哗的雨声。

邻室中好像有人的脚步声，两人心里颤抖了一下。

"谁？"费鲁乔鼓起勇气叫道。

没有人回答。

"谁？"他又颤抖着问。

话犹未完，两人恐惧地惊叫起来。只见两个蒙面男子突然跳进来。一个掩住费鲁乔的嘴巴，另一个卡住了老妇人的喉咙。

"别出声！出声就没命了！"一个说。

"不许声张！"另一个说着举起短刀。

屋子中只有四人粗急的呼吸声和雨声。捉着费鲁乔的那个人问:"你老子把钱藏在哪里了?"

费鲁乔吓得牙齿打战,害怕地说:

"在那边……橱柜中。"

那男子紧紧卡住他的喉咙,将他拖进了储物间里,催问道:"橱柜在什么地方?"

费鲁乔喘着气指向橱柜的位置。

那男子怕费鲁乔逃走,便将他推倒在地,用两腿夹住他的头。他嘴上咬着短刀,一手提着灯,一手从袋中取出钉子样的东西塞入锁孔中开锁。锁被撬开了,盗贼翻来倒去到处搜索,将找到的钱塞在口袋里。然后仍卡住费鲁乔的喉头,回到那捉住老妇人的男子的地方来。老妇人正仰面张着嘴挣扎着。

"钱找到了吗?"另一个低声问。

"找到了……留心门口有没有人!"同伙说。

那捉住老妇人的男子,跑到天井门口去看没有人,就低声说:"快出来!"

那捉住费鲁乔的男子,把短刀举到两人面前:"敢出一声,当心我回来割断你们的喉咙!"说着又怒目盯视了两人一会儿。

这时,听见街上传来许多人的歌声。那强盗转头去看,那面罩就掉下来了。

"是莫左尼啊!"看到盗贼的脸,祖母尖叫起来。

"该死的东西!去死吧!"强盗怒吼,举起短刀朝老人猛刺过来,老妇人吓晕了。费鲁乔大叫一声,不顾一切上前用自己的身体挡住了刺向祖母的尖刀。

强盗杀人之后仓皇逃走,碰倒了桌子,碰翻了油灯,屋子里漆黑一片了。

费鲁乔跪倒在地上不动了,头靠在祖母温暖的怀里。过了好一会儿,老妇人恢复了神志,牙齿颤抖着,叫着"费鲁乔!"

"祖母!"费鲁乔回答。

祖母身体剧烈地发抖,问道:

"那两个家伙走了吧?"

"走了。"

"他们没有将我杀死呢!"祖母气息急促低声说。

"是的,祖母是平安的!"费鲁乔用低弱的声音说,"那些家伙把家里的钱拿走了,其实,父亲把大部分钱都带在身边呢!"

祖母深深地吁了一口气。

费鲁乔跪着抱紧祖母:"祖母!你爱我吗?"

"费鲁乔!我可怜的孩子,我爱你呀!"说着把手放在孙子头上,"你受了怎样的惊吓呀!"

"祖母!我时常让您伤心呢!"

"不要再说那样的话!我什么都忘了,我仍旧爱你,孩子。"

"我是爱着祖母的。您能原谅我吗?"费鲁乔呼吸困难、声音颤抖地说。

"当然原谅你了。我怎么能不原谅你呢?快起来!我不再责怪你了。你是好孩子!"

"祖母,谢谢您!"他的声音越低了。"我已经……很高兴了!无论到了什么时候,仍会记得我吧!"

"我的费鲁乔!你怎么了?"老妇人慌了,低下头注视着他的脸惊呼。

"请不要忘了我!替我亲吻母亲、父亲,还有小弟弟!永别了!祖母!"声音已细得像丝了。

"天哪!你怎么了?"老妇人惊叫起来,她费力地捧起费鲁乔垂在膝上的头,用最大的声音尖叫:

"费鲁乔哇!我的孩子!我的宝贝呀!"

可是,费鲁乔什么都不能回答了。这英勇的小男孩拯救了他祖母的生命,被盗贼用尖刀刺穿了背,那圣洁的灵魂已飞到天国里去了。

牵手阅读

爱,像空气,每天在我们身边,因其无影无形常常会被我们忽略。可是我们的生活不能缺少爱,其实,爱的意义已经融入生命,最简单的东西却最容易忽略,很多人都无法感受到。这一个个小故事,不仅使书中的人物受到熏陶,同样让我们也被其中所体现出的强烈的情感所震撼。老祖母的肺腑之言,唤醒了费鲁乔内心的良知和勇气。在生活中,我们是不是也应对犯错误的孩子多一些宽容、多一些爱、多一些肺腑之言呢?而不是简单的对与错。

背 影

朱自清

  我与父亲不相见已二年余了，我最不能忘记的是他的背影。

  那年冬天，祖母死了，父亲的差使也交卸了，正是祸不单行的日子。我从北京到徐州，打算跟着父亲奔丧回家。到徐州见着父亲，看见满院狼藉的东西，又想起祖母，不禁簌簌地流下眼泪。父亲说："事已如此，不必难过，好在天无绝人之路！"

  回家变卖典质，父亲还了亏空；又借钱办了丧事。这些日子，家中光景很是惨淡，一半为了丧事，一半为了父亲赋闲。丧事完毕，父亲要到南京谋事，我也要回北京念书，我们便同行。

  到南京时，有朋友约去游逛，勾留了一日；第二日上午便须渡江到浦口，下午上车北去。父亲因为事忙，本已说定不送我，叫旅馆里一个熟识的茶房陪我同去。他再三嘱咐茶房，甚是仔细。但他终于不放心，怕茶房不妥帖；颇踌躇了一会儿。其实我那年已二十岁，北京已来往过两三次，是没有什么要紧的了。他踌躇了一会儿，终于决定还是自己送我去。我再三回劝他不必去；他只说:"不要紧,他们去不好!"

我们过了江,进了车站。我买票,他忙着照看行李。行李太多了,得向脚夫行些小费才可过去。他便又忙着和他们讲价钱。我那时真是聪明过分,总觉他说话不大漂亮,非自己插嘴不可,但他终于讲定了价钱;就送我上车。他给我拣定了靠车门的一张椅子;我将他给我做的紫毛大衣铺好座位。他嘱咐我路上小心,夜里要警醒些,不要受凉。又嘱托茶房好好照应我。我心里暗笑他的迂;他们只认得钱,托他们只是白托!而且我这样大年纪的人,难道还不能料理自己么?我现在想想,我那时真是太聪明了。

我说道:"爸爸,你走吧。"他望车外看了看,说:"我买几个橘子去。你就在此地,不要走动。"我看那边月台的栅栏外有几个卖东西的等着顾客。走到那边月台,须穿过铁道,须跳下去又爬上去。父亲是一个胖子,走过去自然要费事些。我本来要去的,他不肯,只好让他去。我看见他戴着黑布小帽,穿着黑布大马褂,深青布棉袍,蹒跚地走到铁道边,慢慢探身下去,尚不大难。可是他穿过铁道,要爬上那边月台,就不容易了。他用两手攀着上面,两脚再向上缩;他肥胖的身子向左微倾,显出努力的样子。这时我看见他的背影,我的泪很快地流下来了。我赶紧拭干了泪。怕他看见,也怕别人看见。我再向外看时,他已抱了朱红的橘子往回走了。过铁道时,他先将橘子散放在地上,自己慢慢爬下,再抱起橘子走。到这边时,我赶紧去搀他。他和我走到车上,将橘子一股脑儿放在我的皮大衣上。于是扑扑衣上的泥土,心里很轻松似的。过一会儿说:"我走了,到那边来信!"我望着他走出去。他走了几步,回过头看见我,说:"进去吧,里边没人。"等他的

背影混入来来往往的人里,再找不着了,我便进来坐下,我的眼泪又来了。

近几年来,父亲和我都是东奔西走,家中光景是一日不如一日。他少年出外谋生,独力支持,做了许多大事。哪知老境却如此颓唐!他触目伤怀,自然情不能自已。情郁于中,自然要发之于外;家庭琐屑便往往触他之怒。他待我渐渐不同往日。但最近两年不见,他终于忘却我的不好,只是惦记着我,惦记着我的儿子。

我北来后,他写了一信给我,信中说道:"我身体平安,惟膀子疼痛厉害,举箸提笔,诸多不便,大约大去之期不远矣。"我读到此处,在晶莹的泪光中,又看见那肥胖的、青布棉袍黑布马褂的背影。唉!我不知何时再能与他相见!

小酒桶

[法] 莫泊桑　爱秋　译

埃佩维尔镇上开旅店的老板希科,在玛格卢瓦尔老婆婆的农庄门前停下了他的双轮马车,他是一个四十岁的高个汉子,满面红光,腆着个大肚子,当地人都知道他阴险狡猾。

他把马拴在栅栏门的木桩上,走进院子。他有一块地紧挨着这位老婆婆的地,对她的这份产业垂涎已久。他曾经数十次地试图把它买下来,可总是被老婆婆固执地拒绝。

"我生在这块地上,也要死在这块地上。"她说。

他进去的时候,她正在屋门前削土豆。她七十二岁了,满脸皱纹,身体瘦削而干瘪,佝偻着腰,可是像个年轻姑娘一样,永远不知疲倦。希科像老朋友似的拍了拍她的背,然后坐在她旁边的一张小矮凳上。

"嘿!老婆婆,身子骨儿还是这么硬朗?"

"还算不错,您怎么样,普罗斯佩老板?"

"唉,唉!就是有点儿风湿病,要不然可就称心如意了。"

"那太好了，太好了。"

她再也不说什么。希科看着她干活。她那像钩子似的、满是筋疙瘩的、和螃蟹爪子一样坚硬的指头，从筐子里拿起了一块灰色的土豆，飞快地转动；另一只手拿着一把旧刀子削着，长条的皮就挨着刀刃落了下来。等土豆整个都变成黄色时，她就把它扔到旁边的水桶里。三只胆大的老母鸡一个跟着一个走过来，一直走到她的裙子底下，然后叼着土豆皮急急逃开。

希科好像很为难，犹豫不决，心神不定，他话已经到了嘴边，却又不便说出口来。最后，他下了决心：

"我说，玛格卢瓦尔老婆婆……"

"您有什么吩咐？"

"这座农庄，您还是不肯卖给我？"

"这件事不行，您别指望了。已经说过的事，别再重复了。"

"可是我想出了一个办法，对我们双方都合适。"

"什么办法？"

"是这样，您把地交给我，可是还归您保管。您不明白吗？那就听我把道理讲出来。"

老婆婆停止了削土豆，从起皱的眼皮底下露出一对亮闪闪的眼睛死盯着旅店老板。

他接下去说："我来讲清楚吧。我每月给您一百五十法郎。听清楚了吧！每个月，我坐着我的小马车给您送来三十枚五法郎面值的银币。可是一切都不改样儿，一点样儿也不改；您还照旧住在您的家里，我这方面，丝毫用不着您操心，您什么也不欠我的。您只管拿我的钱就是了。这样行吗？"

他说完很愉快地，心平气和地看着她。

老婆婆露出不放心的样子仔细打量他，一边琢磨这里面有没有什么圈套，她问道：

"这是我这方面，您那方面呢，这座农庄，您还是不能到手哇！"

"这个，您不用操心。老天爷让您活一天，您就在这儿住一天。这是您的家。不过您得到公证人那儿去给我公证一下，等您百年之后，农庄就归到我名下所有。您没有亲生儿女，只有几个侄子，您根本就没把他们当回事。这样行了吧？您生前保留着您的产业，我每月给您三十枚五法郎面值的银币。这事您划算。"

老婆婆感到惊奇，忐忑不安。可是心里活动了。

她回答说："这倒不是不可以。不过我得在这事上好好琢磨一下。下星期您再来一趟，咱们谈一谈，我再把我的意思告诉您。"

希科老板起身走了，非常高兴，就像一个国王刚刚征服了一个帝国。

玛格卢瓦尔老婆婆可就心事重重了。当夜她就失眠了。整整四天，她拿不定主意，非常苦恼。她确实感觉到哪里有些不妥，可是一想到每月有三十个银币，叮当响的白花花的银币会流到自己的围裙兜里，什么事也不用做，天上会掉下这笔钱来，贪心就跟虫子似的乱钻乱咬了。

于是，她跑去找公证人，把事情说给他听。他劝她答应希科老板的建议，不过应该要求每个月五十个银币，而不是三十个，因为她的农庄起码值六万法郎。

"如果您再活上十五年，"公证人说，"按照这种付款的方式，他也只要付出四五万法郎。"

老婆子一听说每月可以进账五十枚五法郎一个的银币，惊得直哆嗦。不过她还是不放心，既怕那些预料不到的事，又怕暗藏着的阴谋诡计，她总也不肯走，一直待到天黑，不住地问这问那。最后，她才吩咐公证人预备字据，回了家，头脑昏乱得仿佛喝了四罐新酿成的苹果酒。

等希科来听回信的时候，她先是百般装腔作势，声称不干了，可是心里又犯嘀咕，生怕他不同意给五十枚五法郎一个的银币来，他一个劲儿地逼，她于是把她的条件提了出来。

他失望得跳了起来，一口回绝了。

为了说服他，她讲了好多道理，说她可能活不了很久了。

"我顶多再活上五六年。我现在快七十三了，身子骨儿并不结实。有天晚上，我还当我要死了呢。就好像有人把我身体里的东西都掏出去了，后来人家只好把我抬到床上去。"

不过希科不上她的钩。

"别说了，别说了，您这个老滑头，您跟教堂的钟楼一样结实。您至少可以活到一百一十岁。您一定死在我后头。"

一天的时间就消磨在这种争论中。老婆婆始终也不让步。到后来旅店老板只好答应给五十枚银币。

第二天，他们在字据上签了字。老婆婆还额外要了十枚银币的酒钱。

三年过去了，这位老太太非常健壮。她好像一点也没见老，希科可就悲观失望极了。他觉着这笔钱好像已经付了半个世纪了，他感觉自己受了骗，上了当，破了产，过一阵了他就要去看望一下那个老婆婆，就好比人们七月间到地里看麦子，是否已经熟得可以开镰收割。她用狡猾的眼光接待他。简直可以说她因为自己能够这样捉弄他而在那里自鸣得意；他呢，总是立刻就回到他的小马车上走了，一面嘟嘟囔囔地说：

"你这个瘦猴，我不信你永远不死。"

他束手无策，一看见她，就恨不得把她掐死。他对她怀有一种凶狠的、阴险的恨，是乡下人挨了偷以后的那种恨。

于是，他开始琢磨起办法来了。

终于有一天，他又来看她，像第一次来商议买卖的时候那样，兴高采烈地搓着手。闲聊了几分钟以后，他说：

"我说，老婆婆，您到埃佩维尔来的时候，为什么不到我那儿去吃饭呢？外边有人说闲话，说咱们的交情破裂了，我听着心里很难受。您知道，亲爱的老婆婆，到我那儿吃饭，一个钱也不用花。吃顿饭，我是不计较的。您只要一想着来，就别客气，尽管来好啦，这反倒叫我高兴。"

玛格卢瓦尔老婆婆用不着第二次邀请。第三天，她坐着她的马车，让长工塞勒斯坦赶着，到市场买东西，毫无顾忌地把马放在希科老板的马棚里，叫他们喂着，自己就理所当然似的要求那份店主早已许下的午饭。

旅店老板心花怒放，像招待贵妇人似的招待了她，又是仔鸡，又是灌肠，还有鳗鱼、羊腿和肥肉片儿白菜。可是她都没怎么吃，因为她从小过的是俭朴生活，一向只是吃点汤和一块抹黄油的面包，就行了。

希科大失所望，只好一个劲儿地劝她吃。可是，她什么也不吃，就连咖啡也不肯喝。

他问道:"您总可以喝一小杯吧。"

"这倒行,可以的,我不拒绝。"

于是,他使足了劲儿向旅店的那一头喊道:

"罗萨丽,快拿白兰地来,要上等的!最纯的!"

女侍出现了,手里拿着一个长瓶子,瓶子上贴着一张葡萄叶形的商标。

他斟了两小杯。

"尝尝这个吧,老婆婆,这可是好东西。"

那位老太太慢慢地喝起来,一小口一小口地喝着,为的是好多享受一会儿。等那杯喝完,她把剩下的一小滴也倒在嘴里,然后表示:

"一点不错,真是好酒。"

她话还没说完,希科已经给她斟上了第二杯。她想拒绝,已经来不及了,她跟喝第一杯一样品了好久。

他于是要请她喝第三杯,她拒绝了。他一再地劝说:

"您看,这简直是牛奶嘛。我喝十杯、十二杯,都不费劲,跟糖似的喝下去了,既不胀肚,也不上头,简直可以说在舌尖儿上就化成气了。没有比这对健康更有益处的了。"

她原来就很想喝,所以也就没有坚持拒绝,不过她只喝了半杯。

这时候,希科忽然一下子变得十分慷慨,大声说:

"好吧。您既然喜欢这个酒,我就送您一小桶吧,不为别的,就是为了让您看看,咱们始终是一对好朋友。"

那位老婆婆也没有表示拒绝,就走了,她已经多少有了一点醉意。

第二天，旅店老板进入玛格卢瓦尔老婆婆的院子，然后从车子里拉出一个箍着铁圈的小木桶。他要她立刻尝尝，为的是证明完全是一模一样的好白兰地；等他们每人喝了三杯，他就一面起身一面表示：

"您也知道，喝完了，咱们那儿还有，别客气，我不是斤斤计较的人。喝得越快，我越高兴。"

他又爬上了他的轻便马车。

四天以后他又来了，老婆婆正在门前切面包片。

他走到跟前，问了好，几乎挨着她的鼻子跟她说闲话，为的是闻闻她哈气的味道。他闻出了酒香，于是他眉开眼笑了。

"您就不请我喝一杯？"他说。

于是，他们一起碰了杯，喝了两三杯。

可是隔不了多久，当地就传开了，说玛格卢瓦尔老婆婆常常独自一个人喝得烂醉如泥。有时候躺在她的厨房里，有时候躺在她的院子里，有时候躺在附近的路上，一动不动地跟死尸一样，别人只好把她抬回去。

希科不再到她家去了，有人跟他谈到这个乡下老女人，他总要愁容满面地嘟囔着说：

"她这把年纪，竟沾上了这种嗜好，这真是太不幸了；您瞧，一个人上了年纪，就无法可想了。早晚她得吃个大亏才算完。"

果然，她吃了大亏。第二年冬天的圣诞节前夕，她喝得烂醉，跌在雪地里死了。

希科老板继承了农庄，他对人说：

"这个乡下佬，要不是贪杯，应该还能活十年的。"

桥边的老人

[美]海明威 夏洛 译

一位戴钢丝边眼镜的老人安静地坐在路旁,衣服上满是灰尘。河上有座浮桥,上面拥满了大车、卡车、男人、女人和小孩儿,他们正从桥上往下走。一辆骡车从桥边吃力地爬上陡坡,几个士兵在后面帮着推车。卡车迂回着驶上了斜坡就开远了,把一切远远地甩在后面,而农民们还在没到脚踝的尘土中行走着。但有个老人却坐在那里,一动也不动。他实在是太累,走不动了。

我的任务是穿过桥,侦察对岸的桥头堡,查明敌人究竟推进到了什么地方。任务完成后,我又从桥上回到原处。这时桥上的车辆已经很少了,只有三三两两的行人,可是那个老人还坐在那儿。

"你从哪儿来?"我问他。

"从圣卡洛斯来。"他微笑着说。

那是他的故乡,所以一提到它,老人便高兴起来,微笑了。"在那我是做看管动物工作的。"他对我解释。

"噢。"我随口答应着,但没有完全听懂。

"是啊，"他又说，"你知道，我留在那儿照料动物。我是最后一个离开圣卡洛斯的。"

他看上去既不像牧羊的，也不像管牛的。我看着他满是灰尘的黑衣服、饱经沧桑的灰色面孔，以及那副钢丝边眼镜，问道，"你看管什么动物？"

"什么动物都有，"他摇着头说，"唉，最后也只能把它们抛下了。"

我凝视着浮桥，眺望着充满非洲色彩的埃布罗河三角洲地区，思考着究竟还要多久才能看到敌人，同时一直仔细倾听着，期待第一阵响声，它将是一个信号，表示那神秘莫测的遭遇战即将爆发，而老人始终一动不动地坐在那里。

"你看管什么动物？"我又问道。

"三种动物，"他说，"两只山羊，一只猫，还有四对鸽子。"

"你一定要抛下它们吗？"我问。

"是啊，我也害怕那些炮火。那个上尉叫我走，他说炮火不饶人哪。"

"你没有家吗？"我问，同时注视着浮桥的另一边，桥上最后几辆大车正匆忙地驶下河边的斜坡。

"没有，"老人说，"我只有刚才说的那些动物。猫，当然不要紧。猫会照顾自己的，可是，其他的动物怎么办呢？我简直不敢想。"

"你是什么政党的？"我问。

"政治和我扯不上关系，"他说，"我已经七十六岁了，目前走了十二公里，我想我现在再也没有力气向前走了。"

"这儿可不是休息的好地方，"我说，"如果你勉强还能走，那边通向托尔托萨的岔路上有卡车。"

"我还想待一会儿再走,"他说,"卡车开向什么地方?"

"巴塞罗那。"我告诉他。

"那里我没有熟人,"他说,"不过我十分感谢你。再次谢谢你。"

他望着我,茫然而又疲惫,为了要别人分担他的忧虑,他又说话了:"猫是不要紧的,我很有把握,不用为它担心。可是,另外几只呢,你说它们会怎么样?"

"噢,它们也许挨得过的。"

"你真的这样认为吗?"

"当然。"我边说边注视着远处的河岸,那儿现在已经看不见大车了。

"可是在炮火下它们怎么办呢?人家叫我离开,就是因为要开炮了。"

"鸽笼没锁上吗?"我问。

"没有。"

"那它们自己会飞走的。"

"嗯,它们当然会飞。可是山羊呢?唉,还是不要再想了。"他说。

"要是你休息够了,我得走了,"我催促着。"站起来,走走看。"

"谢谢你。"他说着站起来,摇晃着走了几步,跟着向后一仰,向路旁的尘土中坐了下去。

"那时我在照看动物。"他无精打采地说。

"我只是在照看动物。"

我对他毫无办法。那天是复活节的礼拜天,法西斯分子正在向埃布罗挺进。这是个漫天灰色的日子,乌云密布,导致他们的飞机没能起飞。这一点,再加上猫会照顾自己,也许就是这位老人仅有的幸运吧。

爱的意义是很广泛的,它不仅包含了人与人之间的爱,也包含人与动物、人与家乡的爱。本文围绕"老人"与"我"的对话而展开。无情的战火烧到了老人的故土,老人不得不离开家乡,离开他精心饲养的动物,尽管他是那么的不舍。自始至终,老人都在谈论自己的动物。他不关心战争,不关心政治,他只关心自己的动物。这只是一个想过简单而朴实的生活的老人,却被战争驱赶着无情地逃离,从侧面控诉了战争的残酷。

童诗小花园

童诗所抒发的儿童情感,往往洋溢着盎然的儿童情趣,不仅能使儿童从中获得愉悦,也能把成人读者带回那童心萌动的情景中,重温儿时的梦。儿童是最富于想象和联想的,他们总是用自己创造性的想象来认识并诠释世界上的一切事物。在他们诗化的世界里,花儿会笑、鸟儿会唱、草儿会舞、鱼儿会说……

生活的颜色

曾卓

一个小朋友问我,生活是什么颜色?
有时是闪闪桂冠的银色
有时是长夜漫漫的黑色
有时是飞腾火焰的红色
有时是阴霾天空的灰色
有时是浩瀚大海的蓝色
有时是无垠沙漠的黄色
有时是夏日森林的绿色
有时是黄昏薄暮的紫色
……

我无法告诉你生活是什么颜色
我不能想象生活只是单一的颜色
它旋转着,旋转着向前
闪射着灿烂的彩色

生活就像一块调色板,各种颜色的颜料聚集于此,赤、橙、黄、绿、青、蓝、紫一应俱全。每一种颜色都是一种生活,每一种颜色都是一种人生,每一种颜色都代表一种情感。这首诗中,作者用清新瑰丽的语言,抒写了对生活的感受。生活本没有颜色,但在作者眼里,它是有颜色的,而且丰富、多变。它像"旋转着"的滚滚洪流,奔流着,前进着,裹挟着每一个生命体"旋转着",在运动中蓬勃发展着。

 # 花朵开放的声音

金波

我坚信,

花朵开放的时候,

有声音。

它们唱歌,

演奏音乐,

甚至欢呼、喊叫。

蜜蜂能听见,

蝴蝶能听见,

那只七星瓢虫也能听见。

为什么我却听不见?

我摘下的鲜花,

已停止了开放。

飞鸟集（节选）

[印]泰戈尔　郑振铎　译

1

夏天的飞鸟，飞到我的窗前唱歌，又飞去了。

秋天的黄叶，它们没有什么可唱，只叹息一声，飞落在那里。

2

世界上的一队小小的漂泊者呀，请留下你们的足印在我的文字里。

3

世界对着它的爱人，把它浩瀚的面具揭下了。

它变小了，小如一首歌，小如一回永恒的接吻。

4

是大地的泪点,使她的微笑保持着青春不谢。

5

无垠的沙漠热烈追求一叶绿草的爱,她摇摇头笑着飞开了。

6

如果你因失去了太阳而流泪,那么你也将失去群星了。

7

跳舞着的流水呀,在你途中的泥沙,要求你的歌声,你的流动呢。
你肯挟瘸足的泥沙而俱下么?

8

她的热切的脸,如夜雨似的,搅扰着我的梦魂。

9

有一次,我们梦见大家都是不相识的。

我们醒了,却知道我们原是相亲相爱的。

10

忧思在我的心里平静下去,正如暮色降临在寂静的山林中。

11

有些看不见的手,如懒懒的微飔的,

正在我的心上奏着潺湲的乐声。

12

"海水呀,你说的是什么?"

"是永恒的疑问。"

"天空呀,你回答的话是什么?"

"是永恒的沉默。"

13

静静地听,我的心呀,听那世界的低语,这是它对你求爱的表示呀。

14

创造的神秘,有如夜间的黑暗——是伟大的。而知识的幻影却不过如晨间之雾。

15

不要因为峭壁是高的,便让你的爱情坐在峭壁上。

16

我今晨坐在窗前,世界如一个路人似的,停留了一会儿,向我点点头又走过去了。

17

这些微飔,是树叶的簌簌之声呀;它们在我的心里欢悦地微语着。

18

你看不见你自己,你所看见的只是你的影子。

牵手阅读

也许你读过冰心的《繁星》《春水》,但你知道吗,《繁星》《春水》都是仿效《飞鸟集》写成的。《飞鸟集》是一部抒情诗集,这里边的一首首小诗,没有格律、音节、韵脚的限制,很是自由。诗虽短小,但却把形象、意境和抒情三方面特点融合在一起,极富感情色彩。这些短小的诗句,熔铸了作者对人生的严肃思考。诗人以抒情的彩笔,写下了他对自然、宇宙和人生的哲理思索,从而给人们以多方面的人生启示。

动物也会有衷情

地球上除了人类,还有200多万种动物。它们各自凭借奇特的本能繁衍生息,与人类共存。动物是人类的一面镜子。人类身上至少体现了某些动物的东西,而动物在某种程度上也具有某些人性的东西。生活中,我们经常会看到或听到各种动物的感人的事迹,它们的品行让人惭愧,它们的悲怆令人潸然泪下。

美丽的孔雀蛾

[法]法布尔 樊成龙 译

孔雀蛾是一种长得很漂亮的蛾。它们中最大的来自欧洲,身上长着红棕色的绒毛,脖子上有一个白色的领结,翅膀上洒着灰色和褐色的小点儿。横贯中间的是一条浅浅的锯齿形的线,翅膀周围有一圈灰白色的边,中央长着一个大眼睛,有黑得发亮的瞳孔和许多色彩镶成的眼帘,包括黑色、白色、栗色及紫色的弧形线条。这种蛾是由一种长得极为漂亮的毛虫变来的,它们的身体以黄色为底色,上面嵌着蓝色的珠子,主要靠吃杏叶为生。

五月六日的早晨,在我的昆虫实验室里的桌子上,我看着一只雌的孔雀蛾从茧子里钻了出来。我马上把它罩在一个金属丝做的钟罩里。我这么做没有别的什么目的,只是一种习惯而已。我总是喜欢收集一些新鲜的事物,把它们放到透明的钟罩里细细欣赏。

后来我很为自己的这种方法庆幸。因为我获得了意想不到的收获,在晚上九点钟左右,当大家都准备上床睡觉的时候,隔壁的房间里突然发出很大的响声。

小保罗衣服都没穿好,在屋里跑来跑去,疯狂地跳着、顿着足、敲着椅子。我听到他在叫我:

"快来快来!"他喊道,"快来看这些蛾子,它们像鸟一样大,满房间都是!"

我赶紧跑进去一看,他的话一点儿也不夸张,房间里的确充满了那种大蛾子,已经有四只被捉住关在笼子里了,其余的拍打着翅膀在天花板下面翱翔。

看到这个情形,我立即想起那只早上被我关起来的囚徒。

"快穿好衣服,"我对儿子说,"把鸟笼放下,跟我来。我们立刻就会看到更有趣的事情了。"

我们立刻下了楼,来到我的书房,它在整个房子的右侧。我发现厨房里的仆人已经被这突然发生的事件吓慌了,她用她的围裙扑打着这些大蛾,起初她还以为它们是蝙蝠呢。这样看来,孔雀蛾已经占据了我家里的每一个部分,惊动了家里的每一个人。

我们点着蜡烛走进书房,书房有一扇窗户是开着的。我们看到了难忘的一幕情景:那些大蛾子轻轻地拍着翅膀,绕着那钟罩飞来飞去。一会儿飞上,一会儿飞下,一会儿飞出去,一会儿又飞回来,一会儿冲向天花板,一会儿又俯冲下来。它们向蜡烛扑来,用翅膀把它扑灭。它们停在我们的肩上,扯我们的衣服,咬我们的脸。小保罗紧紧地握着我的手,努力保持镇静。

一共有多少蛾子?这个房间里大约有二十只,加上别的房间里的,至少得在四十只以上。四十个情人来向这位那天早上才出生的新娘致敬——这位关在象牙塔里的公主!

在那一个星期里,每天晚上这些大蛾都会来朝见它们美丽的公主。那时候正是暴风雨的季节，晚上黑得伸手不见五指。我们的屋子又被遮蔽在许多大树后面，很难找到。它们经过这么黑暗和艰难的路程，历尽艰苦来见它们的女王。

在这样恶劣的天气条件下，连那凶狠强悍的猫头鹰都不敢轻易离开巢，可孔雀蛾却能果断地飞出来，而且不受树枝的阻挡，顺利到达目的地。它们是那样的无畏，那样的执着，以至于到达目的地的时候，身上没有一个地方被刮伤，哪怕是细微的小伤口也没有。这个黑夜对它们来说，如同白昼一般。

孔雀蛾一生中唯一的目的就是寻找配偶，为了这一目标，它们继承了一种很特别的天赋：不管路途多么遥远，路上怎样黑暗，途中有多少障碍，它总能找到它的配偶。在它们的一生中大概有两三个晚上花费几个小时去找它们的配偶。如果在这期间它们找不到配偶，那么它们的一生也将结束了。

为什么孔雀蛾的一生如此短暂呢？因为孔雀蛾不吃东西。当许多别的蛾成群结队地在花园里飞来飞去吮吸蜜汁的时候，它从不会想到吃东西这回事。这样，它的寿命当然是不会很长了，只不过是两三天的时间，只来得及找一个伴侣而已。

牵手阅读

动物也会有感天动地的爱情。本文中，作者得到了一只雌的孔雀蛾，把它罩在了一个金属丝做的钟罩里，想不到却招来了40多只追求者，它们围着钟罩翩翩起舞，想要博取雌孔雀蛾的芳心。作者的房子被许多大树遮挡住了，然而就是这样，在天气极其不好的夜晚，雄孔雀蛾依旧历经艰难困苦来向钟罩里的公主表白。这种对爱的执着和勇气，实在值得我们学习。

夜莺与玫瑰

[英] 王尔德　林徽因　译

"她说只要我为她采得一朵红玫瑰，便与我跳舞，"青年学生哭着说，"但我的花园里何曾有一朵红玫瑰？"

橡树上的夜莺在巢中听见了，从叶丛里往外望，心中诧异。

"我的园子中并没有红玫瑰，"青年学生的秀眼里满含泪珠，"唉，难道幸福就寄托在这些小东西上面吗？古圣贤书我已读完，哲学的玄奥我已领悟，然而就因为缺少一朵红玫瑰，生活就如此让我难堪吗？"

"这才是真正的有情人，"夜莺叹道，"以前我虽然不曾与他交流，但我却夜夜为他歌唱，夜夜将他的一切故事告诉星辰。如今我见着他了，他的头发黑如风信子花，嘴唇犹如他想要的玫瑰一样艳红，但是感情的折磨使他的脸色苍白如象牙，忧伤的痕迹也已悄悄爬上他的眉梢。"

青年学生又低声自语："王子在明天的晚宴上会跳舞，我的爱人也会去那里。我若为她采得红玫瑰，她就会和我一直跳舞到天明。我若为她采得红玫瑰,将有机会把她抱在怀里。她的头,在我肩上枕着;她的手,在我掌心中握着。但花园里没有红玫瑰,我只能寂寞地望着她,看着她从我身旁擦肩而过,她不理睬我,我的心将要粉碎了。"

"这的确是一个真正的有情人,"夜莺又说,"我所歌唱的,正是他的痛苦;我所快乐的,正是他的悲伤。'爱'果然是非常奇妙的东西,比翡翠还珍重,比玛瑙更宝贵。珍珠、宝石买不到它,黄金买不到它,因为它不是在市场上出售的,也不是商人贩卖的东西。"

青年学生说:"乐师将在舞会上弹弄丝竹,我那爱人也将随着弦琴的音乐声翩翩起舞,神采飞扬,风华绝代,莲步都不曾着地似的。穿着华服的少年公子都艳羡地围着她,但她不跟我跳舞,因为我没有为她采得红玫瑰。"他扑倒在草地里,双手掩着脸哭泣。

"他为什么哭泣呀?"绿色的小壁虎,竖起尾巴从他身前跑过。

蝴蝶正追着阳光飞舞,也问道:"是呀,他为什么哭泣?"

金盏花也向她的邻居低声探问:"是呀,他到底为什么哭泣?"

夜莺说:"他在为一朵红玫瑰哭泣。"

"为一朵红玫瑰吗?真是笑话!"他们叫了起来,那小壁虎本就刻薄,更是大声冷笑。

然而夜莺了解那青年学生烦恼的秘密,她静坐在橡树枝上,细想着"爱情"的玄妙。忽然,她张开棕色的双翼,穿过那如同影子一般的树林,如同影子一般地飞出花园。

青青的草地中站着一棵艳美的玫瑰树,夜莺看见了,向前飞去，歇在一根小小的枝条上。

她对玫瑰树说："能给我一朵鲜红的玫瑰吗？我为你唱我最婉转的歌。"

那玫瑰树摇摇头。

"我的玫瑰是白色的，"那玫瑰树回答她，"白如海涛的泡沫，白如山巅上的积雪，请你到日晷旁找我兄弟，或许他能答应你的要求。"

夜莺飞到日晷旁边那棵玫瑰树上。

她又叫道："能给我一朵鲜红的玫瑰吗？我为你唱我最醉人的歌。"

那玫瑰树摇摇头。

"我的玫瑰是黄色的，"他回答她，"黄如琥珀座上美人鱼的头发，黄如盛开在草地未被割除的水仙，请你到那个青年学生的窗下找我兄弟，或许他能答应你的要求。"

夜莺飞到青年学生窗下那棵玫瑰树上。

她仍旧叫道："能给我一朵鲜红的玫瑰吗？我为你唱我最甜美的歌。"

那玫瑰树摇摇头。

他回答她说："我的玫瑰是红色的，红如白鸽的脚趾，红如海底岩下蠕动的珊瑚。只是严冬已冰冻我的血脉，寒霜已啮伤我的萌芽，暴风已打断我的枝干，今年我不能再次盛开了。"

夜莺央告说："一朵红玫瑰就够了，我只要一朵红玫瑰呀，难道没有其他法子了？"

那玫瑰树答道："有一个法子，只有一个，但是太可怕了，我不敢告诉你。"

"告诉我吧,"夜莺勇敢地说,"我不怕!"

"方法很简单,"那玫瑰树说,"你需要的红玫瑰,只有在月色里用歌声才能使她诞生;只有用你的鲜血对她进行浸染,才能让她变红。你要在你的胸口插一根尖刺,为我歌唱,整夜地为我歌唱,那刺插入你的心窝,你生命的血液将流进我的心房。"

夜莺叹道:"用死来买一朵红玫瑰,代价真不小,谁的生命不是宝贵的?坐在青郁的森林里,看那驾着金马车的太阳、月亮在幽深的夜空驰骋,是多么的快乐呀!山楂花的味儿真香,山谷里的桔梗和山坡上的野草真美,然而'爱'比生命更可贵,一只小鸟的心又怎能和人的心相比呢?"

忽然,她张开棕色的双翼,穿过那如同影子一般的花园,从树林子里激射而出,冲天飞去。

那青年学生仍旧僵卧在方才她离去的草地上,一双美丽的秀眼里,泪珠还没有干。

"高兴吧,快乐吧,"夜莺喊道,"你将要采到那朵红玫瑰了。我将在月光中用歌声来使她诞生,我向你索取的报酬,仅是要你做一个忠实的情人。因为哲理虽智,爱却比她更慧;权力虽雄,爱却比她更伟。焰光的色彩是爱的双翅,烈火的颜色是爱的躯干,她的唇甜如蜜,她的气息香如乳。"

青年学生在草丛里抬头侧耳静听,但是他不懂夜莺所说的话,只知道书上所写的东西。

那橡树却是明白了,悲伤漫延在他的心头,他非常怜爱在树枝上结巢的小夜莺。他轻声说:"唱一首最后的歌给我听吧,你离去后,我将会感到无限的寂寞。"

于是夜莺为橡树歌唱,婉转的音调就像银瓶里涌溢的水浪一般清越。

唱罢过后,那青年学生站起身来,从衣袋里掏出一本日记簿和一支笔,一边往树林外走,一边自语道:"那夜莺的样子生得确实很漂亮,这是不可否认的,但是她有感情吗?我怕没有!她其实就像许多美术家一般,尽是表面的形式,没有诚心的内涵,肯定不会为别人而牺牲。她所想的无非是音乐,可是谁不知道艺术是自私的。虽然,我们总须承认她有醉人的歌喉,可惜那种歌声是毫无意义的,一点也不实用。"

他回到自己房间,躺在小草垫上,继续想念他的爱人,过了片刻就熟睡过去。

待月亮升上天空,月光洒向宁静的大地,夜莺就飞到那棵玫瑰树上,将胸口压向尖刺。疼痛顿时传遍她的身躯,鲜红的血液从体内流了出来。她张开双唇,开始整夜地歌唱起来,那夜空中晶莹的月亮,也倚在云边静静地聆听。

她整夜地,啭着歌喉,那刺越插越深,生命的血液渐渐溢去。

她最先歌唱的,是少男少女心里纯真的爱情,唱着唱着,玫瑰枝上开始生长一苞卓绝的玫瑰蕾,歌儿一首接着一首地唱,花瓣一片跟着一片地开。起先那花瓣是黯淡的,如同河上笼罩的薄雾,如同晨曦交际的天色,那枝上的玫瑰蕾,就像映在银镜里的玫瑰花影子,映照在池塘的玫瑰倒影。

但是那玫瑰树还在催迫着夜莺往自己的身子紧插那根刺。

"靠紧一些,小夜莺呀,"那树连声叫唤,"不然,玫瑰还没盛开,黎明就要来临了!"

夜莺赶紧把尖刺插得更深,悠扬的歌声更加响亮。她这回所歌颂的是成年男女心中热烈如火的爱情,唱着唱着,玫瑰瓣上生长出一层娇嫩的红晕,如同初吻新娘时新郎的绛颊。只是那刺还未插到夜莺的心房,玫瑰花的花心尚留着白色,只有夜莺的心血才可以把玫瑰的花心彻底染红。

那树又催迫着夜莺往自己的胸口紧插那根刺。

"靠紧一些,小夜莺呀,"那树连声叫唤,"不然,玫瑰还没盛开,黎明就要来临了!"

夜莺赶紧把刺又插深一些,深入骨髓的疼痛传遍她的全身,玫瑰花刺终于刺入她的心房。那挚爱和冢中不朽的爱情呀,卓绝的白色花心如同东方的天色,终于变作鲜红,花的外瓣红如烈火,花的内心赤如绛玉。

夜莺的声音越唱越模糊,她拍动着小小的双翅,眼睛蒙上一层灰色的薄膜。她的歌声越来越模糊,觉得喉咙里有什么东西哽咽住似的。

但她还是唱出最后的歌声,白色的残月听见后,似乎忘记了黎明,在天空踌躇着。那玫瑰花凝神战栗着,在清冷的晓风里瓣瓣开放。回音将歌声领入山坡上的暗紫色洞穴,将牧童从梦里惊醒过来。歌声流入河边的芦苇丛中,苇叶将信息传与大海。

那玫瑰树叫道:"看呀,看呀,这朵红玫瑰生成了!"

然而夜莺再也不能回答,她已躺在乱草丛中死去,那尖刺还插在她的心头。

中午时分，青年学生打开窗户，忽然，他惊呆了。

"怪事，今天真是难得的幸运，这儿居然有朵红玫瑰！"他叫着，"如此美丽的红玫瑰，我从来没有见过，她一定有个很繁长的拉丁名字。"便俯身下去，把红玫瑰采摘下来，然后戴上帽子，手里拈着玫瑰花，往教授家跑去。

教授的女儿正坐在门前卷着一轴蓝色绸子，一只温顺的小狗伏在她脚边。

青年学生叫道："你说过，我若为你采得红玫瑰，你便同我跳舞。这里有一朵全世界最珍贵的红玫瑰，你可以将她插在你的胸前，我们同舞的时候，这花便会告诉你，我是怎样地爱你。"

但那女郎却皱着眉头。

她说："我怕这花儿配不上我的衣服吧，而且大臣的侄子送我许多珠宝首饰，人人都知道珠宝比花草要贵重得多。"

青年学生傻了，这就是爱情的真相吗？失望顿时占据他的整个心神。

"你简直是个无情无义的人。"他怒道，将红玫瑰掷在街心，一个车轮从红玫瑰上面辗过。

"无情无义？"女郎说，"我告诉你吧，你实在无礼，况且你到底是谁啊？不过一个学生文人，我看像大臣侄子鞋上的那种银纽扣，你都没有。"说完就站起身走进屋子。

青年学生懊恼地走着，自语道："爱情是多么无聊啊，远不如伦理学实用。它所告诉人们的，全是空中楼阁与缥缈虚无的幻想。在现实的世界里，首要的是实用，我还是回到我的哲学和玄学书上去吧!"

　　他回到房中,取出一本笨重的、满堆着尘土的大书埋头细读起来。

信鸽阿诺

[英] 西顿 李详 译

我有幸被邀请出任由五十只小信鸽参与的飞行比赛的裁判,这是一次以训练为主要目的的比赛。这些小鸽子曾经有两三次跟父母在一起,被带到离家不算很远的地方,然后再飞回鸽棚,这次比赛则不再有老鸽子陪伴它们,这也将是它们的初次独自飞行。

起飞地点位于新泽西州的伊利萨白城,对于这些小鸽子而言,这次没有任何长辈帮助的初次试飞,确实是一段非常漫长的历程。训练它们的人会说:"我们就是以这种方法来淘汰掉那些糊涂虫,唯有最出色的鸽子才可以通过考验,而我们所需要的唯有最出色的鸽子。"

所有住在鸽棚附近的人与周围地区的几位鸽子迷,都在这些信鸽当中有自己尤为喜爱与期待获胜的对象。他们为竞赛的优胜者筹集了一笔还算吸引人的奖金,取得优胜的关键并不取决于哪一只鸽子首先飞回来,而是第一个飞进自己鸽棚的鸽子。因为仅仅是返回鸽棚附近,却不能马上让人清楚它是否已经返回原地,作为一名通信使者而言，不能精确回到原地，是远远不够格的。

这种被称为"家鸽"或"回家的鸽子"的才是人们真正需要用来传送信件的使者。它们依靠多骨的内耳来辨别准确的方向，再加上一对极为出色的翅膀和热爱家乡的高尚感情，使它们总是忠于自己的家庭，可以毫无差错地飞回家，世界上再也没有其他任何一种动物，具有比一只优秀信鸽更强的方位辨别力。我将鸽棚当中的门全都关上，只敞开其中的一扇，安静地守候在那里，等第一名飞进去之后，就立刻将它关上。快到预计鸽子们归来的时间了，大家都怀着极为焦急的心情朝西南方的天边望过去，突然有人大喊："快瞧！它们返回啦！"果然，这些小鸽子犹如一朵朵美丽的云彩，冲入了我们的视线当中，不到两秒钟，它们就飞到鸽棚前面。只见蓝光一闪，一只鸽子犹如蓝色的飞箭，翅膀擦着我的脸就飞了过去，直"射"入门内。我还没来得及将门关上，就听到有人极为兴奋地喊道："阿诺！阿诺！我早跟你说过它能得冠军！嗨，真是一个宝贝，出生还不足三个月的小鸽子就已经成为冠军啦！"阿诺大口大口地喝了很多水，然后又跑到食槽那里找食吃。人们有的坐着，有的蹲着，都怀着极大的敬意，注视着它的每个动作。阿诺的主人也手舞足蹈，对那些落败的主人们唠叨着："瞧这双眼睛，瞧这对翅膀，这样的胸脯你何时见过？嗯，这才是真正的好信鸽哩！"

人们授予阿诺高等信鸽银质勋章，那是一块特制的脚牌，上面刻有它的编号：2590 C。对信鸽界的全体业内人士来说，这个号码是具有非常重要意义的。这次飞行比赛，只按时飞回四十只鸽子，主人们用这种简单的选择方法，来改良其鸽群。那十只没能飞回的鸽子当中，有五只根本始终都没露面，另外五只超时之后很久才回来。最后回来的是只蠢头蠢脑的蓝色大鸽子，当时还等候在鸽棚的一个人喊道："我还以为大蓝儿找不到回来的路了呢，它那副长相，看上去就犹如一只凸胸鸽。"大蓝儿也叫"拐角箱"，这是以它的出生地来命名的名字。它一生下来就展露了出奇旺盛的生命力，长得特别快、体型特别大，也特别漂亮，不过对于信鸽爱好者来说，这些特质并不很重要。那次比赛过后，对鸽子们的训练工作继续进行。起飞地点、离家的距离也变得越来越远，而且每次都要增加二十五英里甚至是三十英里的路程，方向也一直都在改变。等这些信鸽将周围方圆一百五十英里的地区都完全熟悉后，淘汰得仅剩二十只了。这个飞行小队的成员都长有闪闪发亮的眼睛，其中最出色的那只还是阿诺，总是能够第一个返回。拐角箱的大蓝儿也通过了重重考验，成为优胜者中的一员。每次它回来时，总是既不渴，也不饿，说明它准是在回来的路上四处游荡过了。

对于信鸽而言，最难的障碍就是进行海上飞行，因为没有任何指示物来帮助它们辨别方位，遇到大雾时就显得更加困难，视觉、听觉乃至记忆力都会彻底失去作用，只能依靠内在的方向辨别力与坚强的力量、坚韧的毅力。

有一次，阿诺与两个同伴被一起带上一艘驶向欧洲的大轮船，原计划在远离陆地时，就将它们放出来，让他们自己飞回家。但是，海上突然出现了大雾，于是人们取消了原计划，准备在靠岸时，让其他轮船将它们带回家里。轮船行驶了十小时之后，引擎突然发生了严重故障，整个轮船只好随波逐流，四处漂泊，情况非常危险，人们却毫无办法。

正在走投无路时，有人想到了这三只信鸽。第一个被选中的是编号为2592 C的星星背，大家将求救信写到一张防水纸上，期待它能够将信息带给轮船公司，使大家可以获救。半小时后，编号为2600 C的大蓝儿也被放了出去。可是，它转眼间就飞了回来，惊恐地钻入笼子当中，无论人们怎么引诱，都不肯再次离开轮船。人们只能取出第三只鸽子，从它的脚牌上面抄下了其名字与号码：阿诺，2590 C。随后将大蓝儿身上绑的那封求救信取下，拴在了阿诺的身上。

阿诺首先围着轮船飞了一圈，又飞向了高处，重新转了一个来回，然后在更高的地方飞了一个更大的圈子，随后就失去了踪影。它努力地不断朝上飞着，有一种内在的力量在促使它不断前进，使它摆脱了对信鸽而言具有毁灭性作用的恐惧心情。在离开鸽笼还不足一分钟的时间里，它就已经找到了回家的道路，并且毫不犹豫、准确得犹如罗盘针似的，朝自己的家飞去。那天下午，比利突然听见了一阵急促的翅膀扇动声，接着，一只蓝色飞鸟猛地飞进了鸽棚，朝水钵奔过去，大口地使劲喝水。出于养鸽者的一种固有的习惯，比利掏出了怀表，记录下阿诺抵达的时间：下午三点四十分。很快，他就发现了由阿诺带回的信，赶紧把信送到了轮船公司那里。阿诺利用了四小时四十分钟的时间，在大雾弥漫的茫茫海面上，飞行了二百一十英里，依靠自己的力量拯救了轮船上的所有人与大蓝儿！另一只鸽子星星背，我们从此再也没能获得关于它的任何消息，或许已经在海上送了命。俱乐部主任亲自以橡皮图章与永不褪色的墨水，在阿诺右翼的一根雪白的长翎上，盖下记载着这次成绩、日期以及有关数字的印鉴。这是阿诺公开创造的首个纪录，很快，它又接二连三地创造了诸多的纪录。很多人为了感谢阿诺所作出的帮助，希望出重金买下它。比利对他们说："一只信鸽的心是多少金钱都买不走的，世界上的任何东西，都没法使它与自己出生的窝断绝关系。"于是，阿诺始终住在十九号西街二百一十一号的鸽笼当中。

比利对大蓝儿始终缺乏好感，认为它根本就是个窝囊废，尤其是那次轮船事件中的表现，更证明它只是个胆小鬼。有一天早晨，比利来到鸽棚时，发现一大一小两只鸽子正扭打在一起，满地乱滚，弄得鸽毛到处翻腾，尘土飞扬。等它们终于分开后，比利发现小的那只竟然是阿诺，大的则是大蓝儿！阿诺这一仗打得非常漂亮，但由于大蓝儿的身体要比它大很多，所以还是大蓝儿占了上风。

打架的原因也很快查清楚了，是为了争夺一只非常美丽的良种小雌鸽。大蓝儿的心眼儿非常坏，平常就总是欺负其他的信鸽。比利无权处死大蓝儿，但为了自己心爱的阿诺能够如愿以偿，他还是竭尽所能干涉了这次格斗事件。他在鸽棚当中找了一间小屋，将阿诺与小雌鸽放在里面一起生活了两个星期，同时又把大蓝儿与另一只雌鸽在另一间小屋当中关了两个星期。最后的结果不出他所料，小雌鸽顺从了阿诺，那只雌鸽则与大蓝儿成了一对。这时候，从芝加哥飞往纽约的"大彩票"障碍飞行大赛即将开始，这是一次需要飞越九百英里路程的长途比赛。参赛的鸽子全部用火车送到芝加哥，然后依据它们的平时成绩优劣，按顺序先后将它们放出，最后一个出发的就是成绩最好的阿诺。

阿诺早已记清了返回的路标,丝毫没有耽误时间,不但弥补了因为起飞较晚而遭受的损失,还领先其他鸽子好几英里。天快黑时,它已经连续飞行了十二个小时,飞过超过六百英里的路程。它感到非常疲劳,急需补充食物和水分,就从高空当中降落下来,随着那些回家的鸽子,飞到了它们的鸽棚当中,在水钵前痛饮起来。

每个养鸽子的人,都对这些远道而来的通信使者非常好奇。那天,碰巧鸽棚的主人也在这里,看到了这只完全陌生的鸽子。有只鸽子对阿诺做出了一个表示不欢迎的动作,阿诺则用鸽子所特有的方式,展开翅膀予以还击。这时,那位主人看到了阿诺印在翅膀上那一长排的纪录,勾起了他的强烈好奇心,便关上了鸽棚的门,擅自拘禁了阿诺。

他剪下了阿诺尾巴上系着的,有关参加比赛的便笺,发现这只信鸽居然就是大名鼎鼎的阿诺。他兴奋极了,忍不住大喊起来:"阿诺!阿诺!我听人说起过你,你这只勇敢的小鸟儿,现在被我关住了,我真的是好高兴啊!"他知道自己不可能永久地留下阿诺,于是打算用雌鸽与阿诺配种,希望将来可以得到几只像阿诺一样优秀的小鸽子。

这位主人对阿诺非常好,凡是可以让阿诺住得更舒服的东西,他都会尽量供给。可一连三个月,阿诺始终在东张西望,寻找一切可以逃走的机会,直到第四个月,它似乎才最终放弃了这一念头。主人于是开始实施第二步计划,放进去一只非常年轻的雌鸽。阿诺不但没对其产生兴趣,还对它非常反感,主人只好将雌鸽捉出去。一个月后,又换了一只新的雌鸽放进去,可阿诺依旧对它不理不睬。有时,希望回家的愿望强烈地冲击着阿诺,它不断在铁丝网上翻飞,拼命地冲撞笼子。

时间过得飞快,两年的时间转瞬即逝,这次主人送来了一只与原先的家里那只小雌鸽非常相似的雌鸽,终于引起了阿诺的注意。主人终于达到了自己的目的,他看到小鸽子即将出世了,阿诺能够死心塌地住在这里,于是就打开了笼门。没想到,阿诺没有一刻曾忘记家乡。它一见自己重获自由,马上直飞上天,离开了这座可怕的、禁锢了它两年的牢笼,毫不犹豫地朝自己家飞去。它快乐地不断飞翔,在这条熟悉的路线上毫不松懈地飞行。不知道究竟飞了多久,它那双闪亮的眼睛,终于望见了家乡那座城市,那是多么亲切而充满回忆的地方啊!

突然,从天空当中飞过来一只隼。这是食肉猛禽当中飞得最快的家伙之一,不知道有多少飞鸟曾经遭过它的毒手,成为它的腹中餐。此时,它已经做好了一切准备,紧紧盯住阿诺,等待最适当的时机立即下手。如果这时候,阿诺可以掉头向回飞,就能够躲开危险。但是它此时心中唯一的信念就是赶快回家,无论面对什么事情都不会有丝毫的退缩!为了逃避危险,它将自己的飞行速度加到最快,犹如一支离弦的飞箭冲过了危险地带,那只隼只能空手而归。

由于起了风,阿诺开始降低高度,往下飞,沿着自己最为熟悉的公路,快乐地朝前飞翔。家所在的塔楼已经渐渐映入其眼帘,家呀!阿诺终于回到这里了!突然,火光一闪,只听"砰"的一声枪响——尽管机智的阿诺可以躲开猛禽的攻击,却没能躲过人类的猎杀,它的翅膀被打伤了!渐渐地,阿诺的速度变得慢下来,翅膀丧失了力气，眼睛也变得逐渐模糊，竟然不知道自己已经飞到了隼窝的附近。

窝里的两只隼虎视眈眈地望着阿诺，瞅准机会朝它猛扑了上去。随后，阿诺的鲜血染红了两只猛禽的嘴巴与爪子，它的尸骨被扯得粉碎，散落在那里任凭风吹雨打，直到这两只隼的窝也遭到了人类的洗劫。那个人在窝中找到了一只银环，那是一枚高级信鸽银质奖章，上面还刻着几个意味深长的字："阿诺，2590 C。"

风中飞舞的歌谣

我们热爱大自然，热爱我们赖以生存的家园。爱大自然中的青山绿水和碧草蓝天……在四野飘香的花丛中，我们与蝶儿一起嬉戏、欢笑；在郁郁葱葱的森林里，我们与小鸟一起追逐、歌唱，歌唱属于大自然的歌。

蒲公英

毛茸茸,

轻又轻,

一群威武的小伞兵,

飞到西,

飞到东,

到处安家乐融融。

剪根树枝当枕头,

剪块泥巴搭窝窝。

小蜻蜓

小蜻蜓,

纱翅膀,

飞来飞去捉虫忙,

低飞雨,

高飞晴,

气象预报它最灵。

小燕子

小燕子,
真灵巧,
身上带把小剪刀;
上天剪云朵,
下河剪水波。

雁

雁雁排成队,
后头跟个小妹妹。
雁哥哥,
慢点飞,
雁妹妹,
快点追。
大家团结紧,
谁也不掉队。

雪 花

千朵花，万朵花，
开在蓝天下。
飘飘飘，洒洒洒，
飞向大地妈妈。
温暖着地下的，
许多嫩嫩春芽，
为孩子带来了，
无数冬的童话。

牵手阅读

　　孩子的世界是简单而纯洁的，他们用自己丰富的想象力歌唱着对大自然的热爱。孩子们把蒲公英比喻成威武的小伞兵，把小蜻蜓比喻成天气预报员，把燕子比喻成能干的小裁缝，他们眼中的世界是多么奇妙哇！

另一个世界精彩吗

你是否相信精灵的存在呢?它们也许就在我们的身边,就居住在我们梦想之花的花蕾中,沉睡着,像是等待着梦想之花开放的美丽守护者一样。它们是梦想的结晶,更是未来的自己!

到你心里躲一躲

汤汤

那时候木零七岁。

到了被大人们派往傻路路山包取宝贝的年龄。

那一年,从年初开始,大人们就教他说四句话:

"我很冷,我全身都在发抖,我的胳膊好像都要抖下来了,我可以在你家的衣柜里躲一躲吗?"

"我很冷,我的牙齿一直在打战,我可以在你家的火炉前待一会儿吗?"

"我还是冷,晚上的时候,我可以钻进你的被窝吗?"

"我还是冷,我可以到你的心里躲一躲吗?"

就这四句话,木零从春天背到夏天,从夏天背到秋天,从秋天背到冬天,终于背会了。

在这个叫作底底的村庄里,木零一直是一个很不出众的孩子。

离底底村不远,有个小小的山包,那就是傻路路山包。

傻路路是什么呢?是一些很傻很傻的鬼。

傻到怎么样的程度呢？其实谁也说不清楚。

大人们有时候嫌自己小孩不够聪明，就会这样骂："简直就是傻路路一个！"

可是傻路路们那么傻，大人们却谁也不敢靠近那个小小的山包。因为，傻路路不喜欢任何一个大人，听说他们见到有大人的时候，会发怒，会做出一些可怕的事情。

傻路路们只喜欢孩子，任何一个孩子！

那最神秘、最珍贵的宝贝就在傻路路们的心上，大人们说，每一个傻路路的心上，都有一颗圆溜溜、亮晶晶的珠子。

那珠子，很值钱哦。

冬天里，木零要被大人们派往傻路路山包去了。临去前的头一个晚上，他显得很害怕："傻路路会吃人吗？"

"当然不会，他们只吃大萝卜。"大人们笑着说。

"可是，为什么你们自己不去呢？"

"因为，傻路路们讨厌所有的大人，喜欢所有的孩子。"大人们尽量耐心地回答。

"为什么讨厌大人，喜欢孩子呢？"

"哪有这么多为什么，讨厌就是讨厌了，喜欢就是喜欢了。"大人们有些不耐烦了。

天明了，木零还是磨磨蹭蹭地不肯走："如果，我取不回来宝贝怎么办呢？"

"哦，绝对不会发生这样的事情。所有的孩子，都能取回来的，年年如此。"

"可是，如果我取不回来呢？"

"如果取不回来,那就只能证明,你很没用。我们,会很失望。也许,会把你送到一个很远很远的地方。"

冬天,太阳总是很懒的,迟迟不肯露面。木零在浓浓的雾气里向傻路路们的山包走去。他浑身颤抖得厉害,按照大人们的意思,他只穿了一身单衣,而且还光着脚。

木零很冷。因为哆嗦得过于厉害,骨头似乎都要散架了。

木零很怕。会被抓住吗?会被吃掉吗?

木零也好奇。傻路路们,长什么样子呢?

他哆嗦着爬上山包,哆嗦着走进傻路路的村庄,就像冬天的风一样,穿行在房屋和房屋的间隙里。

村庄里很安静,傻路路们都还在暖烘烘的被窝里吗?

他不知道应该敲响哪扇门,他迟迟疑疑地、犹犹豫豫地,在这扇门前停一停,在那扇门前顿一顿。终于,一对金色的门环吸引了他,他不由自主地走过去,伸出手摸了摸,又拍了拍。

门环发出"当当"的脆响,门"咯吱"便开了。

站在木零面前的是傻路路吗?

他长得和人差不多,比自己的爸爸还高,穿长长的灰袍子,那袍子看起来塞着满满的棉花,整个人鼓鼓囊囊的,显出几分滑稽。

啊,一点都不可怕!

并且,木零立即喜欢上了这个傻路路的眼睛。他从来没有见到过这样光芒四射的眼睛,好像远远城市里的霓虹灯一样璀璨。很明亮,含着愉快而温和的笑。

哦,光芒。木零在心里给他取了名字。

"你这个孩子,怎么穿这么少呢,呀,还光着脚,会冻坏的呀。"

光芒一把抱起木零，扯开灰袍子，将木零裹进自己的怀里。他的怀里好温暖，木零真愿意一直这样被他搂着。

可是他想起了爸爸教过的话。

"我很冷，我全身都在发抖，我的胳膊好像都要抖下来了，我可以在你家的衣柜里躲一躲吗？"

光芒笑着说："当然可以，为什么不可以呢？"

他一把把木零送进衣柜里，衣柜里有很多厚实的衣服，裹住木零冰凉的身子。木零在衣柜里过了半天。

中午，光芒给木零送了中餐，是一个小萝卜。

"你叫什么名字？"

"木零。"

"哦，木零，吃中饭了。"

吃了中饭以后，木零说："我很冷，我的牙齿一直在打战，我可以在你家的火炉前待一会儿吗？"

"当然可以，为什么不可以呢？"他伸出长长的手臂，一把把木零从衣柜抱到火炉前。木零的脸一下子被烤暖了。

这个下午，他们都在火炉前坐着。他们一起在火炉前吃萝卜，光芒吃大萝卜，木零吃小萝卜，光芒发出很大的"呸吧"声，木零发出很小的"呸吧"声。

晚上，光芒困了，他离开火炉，躺到床上。木零说："我还是冷，我可以钻进你的被窝里吗？"

"当然可以，为什么不可以呢？"光芒笑着下了床，一把把他抱到床上，塞进热烘烘的被窝里。他们睡得很香，光芒流了好大一摊口水在枕头上，木零也是。

吃了早餐以后，木零说了大人们教的第四句话："我还是冷，我可以到你的心里躲一躲吗？"

这句话，木零说得很轻。

光芒略略犹豫了一下，眯一眯眼睛说："当然可以，为什么不可以呢？"

他一把把木零抱到胸前，那是他心脏的位置。

"底码米拉去心里，你就进去了；底码米拉快出来，你就出来了。"他温和地对木零说。

"底码米拉去心里。"木零轻轻念道，其实这句咒语他早就知道。一瞬间，铺天盖地的柔软和温暖把他包围了。木零真的到了光芒的心里，他看到了一颗圆溜溜、亮晶晶的，像鸡蛋那么大的珠子，他用双手捧起它。木零回家了，手心里捧着圆溜溜、亮晶晶的像鸡蛋那么大的珠子。

爸爸妈妈大喜过望。他们说："好大啊！我们小时候从来没有采到过这样大的珠子呢。木零，你真是太棒了！"

木零的心里，本来有一种说不出的闷闷的感觉，立即被骄傲替代了。

然后，爸爸妈妈拿上珠子，迫不及待、马不停蹄地去了很远的地方。

那个冬天木零一个人在家里，很冷，很冷。

春天差不多来到的时候，爸爸妈妈回家了，带回很大一箱子的钱。

底底村的孩子，从七岁开始一直到十一岁，都要去傻路路山包取宝贝的。

转眼又是一个冬天，八岁的木零又被爸爸妈妈派去取傻路路心里的珠子。

木零刚走进傻路路山包的时候，就遇到了光芒。

怎么办呢？木零一下子着了慌，他想逃跑，但是被光芒一把搂进了怀里。

"这么冷的天，你怎么穿这么少呢？哎，还光着脚丫，会冻坏的呀。"光芒的怀里好温暖，木零真愿意一直被他抱着。

"你叫什么名字？"光芒问。

"木零。"

"哦，木零。"他说。

原来，他不认得了，压根儿不认得这个去年冬天偷了他珠子的孩子了，木零暗暗松了口气。他忍不住去看光芒的眼睛，他发现，那双眼睛里的光芒，好像减少了很多很多。

"我很冷，我全身都在发抖，我的胳膊好像都要抖下来了，我可以在你家的衣柜里躲一躲吗？"

"当然可以，为什么不可以呢？"

光芒把木零一把抱进衣柜里。

"我很冷，我的牙齿一直在打战，我可以在你家的火炉前待着吗？"

"当然可以，为什么不可以呢？"

他一把把他从衣柜抱到火炉前。

"我还是冷，我可以钻进你的被窝里吗？"

"当然可以，为什么不可以呢？"

他把他一把抱进被窝里。

"我还是冷，我可以到你的心里躲一躲吗？"

光芒犹豫了一下说："这话听起来有几分耳熟。哦，当然可以，为什么不可以呢?"

"底码米拉去心里。"木零进去了,拿走他心上的珠子,然后"底码米拉回家里"了。

九岁的冬天,十岁的冬天,十一岁的冬天,木零遇见的都是他。大人们说过,不要找同一个傻路路。可是木零转来转去,每一次遇见的都是他。

每一次,光芒都不认得木零。

"你叫什么名字?"

"木零。"

"哦,木零。"

每一次,他都给他吃小萝卜。

他穿着灰灰的长袍,眼睛里的光芒一年比一年少。

他心里的珠子也越来越小。

木零记得,他最后一次去他的心里,采下的珠子只有芝麻那么大了。那时,木零突然打了个寒噤,然后有一颗泪水,从他的脸上滑落下来。他想,傻路路真的很傻啊。可是为什么这么傻呢。

十一岁之后,木零就不能再去傻路路那里了,这是底底村的规矩。当然会有更多的孩子去取宝贝的,祖祖辈辈,一代一代地继续着。

从那一年开始,木零的心总是冰凉冰凉的,有的时候,非得用个暖手袋焐着才舒服。

虽然一颗心总是冰凉的,但木零还是一天一天地长大了,成年了。

木零也有了自己的孩子,那孩子转眼到了七岁。

很快地,木零将派他去傻路路的山包。从年初开始,他就教他的孩子怎样和傻路路说话。

"我很冷,我全身都在发抖,我的胳膊好像都要抖下来了,我可以在你家的衣柜里躲一躲吗?"

"我很冷,我的牙齿一直在打战,我可以在你家的火炉前待着吗?"

"我还是冷,晚上的时候,我可以钻进你的被窝里吗?"

"我还是冷,我可以到你的心里躲一躲吗?"

就这四句话,他的孩子从春天背到夏天,从夏天背到秋天,从秋天背到冬天,终于背会了。

当然还有那句"底码米拉回家里"的咒语。

就在木零要送孩子去傻路路山包的前一个晚上,有人敲门。

说道:"底码米拉回家里。"

一开门,木零就看见了光芒——他小时候,去过他的心上,怎么会忘记呢。

霎时间木零被深深的不安包围了。傻路路从来不会来的,是的,从来没有发生过这样的事情。他们讨厌所有的大人,怎么可能来到人住的村庄呢?

但是在这个呵口气就结成冰碴子的深夜,光芒竟然来了。他来干什么?

木零和光芒差不多高,一个在门里,一个在门外,愣愣地站了好一会儿。

光芒穿着灰灰的袍子,睁着一双很大的眼睛,眼神空洞,一点光泽都没有!好像两口已经干涸了许久的深潭,绝望而茫然。

木零想起第一次见到光芒的时候,那曾是一双多么璀璨的眼睛啊。有一两秒的时间,他的心仿佛从很尖利的东西上划过。

"你,你来干什么?"

光芒说:"我很冷,我全身都在发抖,我的胳膊好像都要抖下来了,我可以先在你家的衣柜里躲一躲吗?"

就好像小时候木零对他说的那样,几乎一字不差,这话听起来多像一个阴谋啊。

木零稍稍犹豫了一下后,点了点头。他想知道,光芒到底要干什么。

光芒进了木零的衣柜,他太大个了,把衣柜里好多衣服都挤了出来。

很快地,衣柜里传出他的声音:"我很冷,我的牙齿一直在打战,我可以在你家的火炉前待会儿吗?"

木零说:"当然可以,为什么不可以?"他有点想发笑了。

他们坐在火炉前,木零家里没有萝卜,他找到一个地瓜递给光芒,光芒摆摆手。

光芒抖得不像刚才那么厉害了。他说,今天晚上,他敲了很多户人家的门,那些门,"咯吱"开了,马上,"咯吱"便关了。谁都没有让他进去。

他说,外面的风好大啊。吹得鼻涕都吸溜吸溜的,吸溜得不快,就成了冰柱子。

他说,傻路路们要搬家了。因为,小山包上的日子,不知道为什么,越过越不幸福,越来越糟糕。他们要搬到一个很远的地方去,翻过山头,越过大河,还要穿过沙漠、草原和戈壁。

木零想,傻路路们搬家了,底底村的生活会发生怎样的变化?

他说,他的心里留着一样东西,十几年了,不知道是谁留在那里的,在搬家之前,想要还给他……

夜那么深了,木零钻进了被窝。

"我还是冷,我可以钻进你的被窝里吗?"光芒说。

木零忍不住笑起来:"当然可以,为什么不可以呢?"他又说:"接下来,你会这样说吧——我还是冷,我可以到你的心里躲一躲吗?"

"是呀,你怎么知道的?我还是冷,我可以到你的心里躲一躲吗?"光芒说。

这真的越来越像一场阴谋了,和底底村的人们所擅长的一模一样!

我能让他进到我的心里吗?木零想,当然不能。可是为什么不能呢。

"我的心冰凉冰凉的,并不是取暖的好地方。"木零说。

"其实,其实我是想到你的心里去看看,可以吗?"光芒微微笑着请求。

"我的心里能躲进去一个人吗?"

"能的,我是鬼啊。"

木零想,那就躲进去看一看吧,我的心里,除了冰凉,难道还有什么宝贝吗?

"底码米拉去心里。"他念道。话音刚落,他不见了。他真的进入木零的心了吗?木零的心,顿时沉甸甸的。

木零坐在火炉前,等他出来。

他等了很多天,也没有等到。

光芒不出来了吗?

更有可能的是,他也像木零小时候那样,从他心里取走某种东西，不说一声再见便悄悄溜走了。

可是木零的心里，到底有什么呢？

大概过了七八天左右吧。木零听到一声"底码米拉快出来"，光芒站在了他面前。

一双眼睛很亮很亮，像远远城市里的霓虹灯那样璀璨。

"你在我心里待了这么久啊。"看到光芒，木零抑制不住地高兴，"我的心里有什么呢？你的眼睛看起来，光芒四射。"

"有一颗珠子，圆溜溜、亮晶晶的，有鸡蛋那么大。"

啊？木零不由得惊诧。

"那颗珠子上，充满着你的记忆，从小到大。"

记忆？木零依旧张着嘴巴，有些傻傻的样子。

"在你心里的珠子上，看到了我。"

木零的脸"腾"地红起来。

"你叫木零吧。

你曾经到我家里去过吧。

你拿走了我心里的五颗珠子。一颗比一颗小，对吧。

我抱过你，对吧。

我还给你吃过小萝卜吧。

……"

这些都在我心里存着吗？木零想，确实的，这些事情，他从来没有忘记过。他不由得埋低了他的脑袋。

"每一个鬼的心上，都有一颗珠子，你们人也是的。每一颗珠子，凝着快乐的、悲伤的、平常的、不平常的记忆。你小的时候，拿走的，就是我的记忆啊。难怪我的心里总是那么空洞，总是那么茫然。"

木零把脑袋埋得更低了。

"我看到你在心里把我叫作光芒,对吧。我喜欢这个名字,谢谢你!"

因为这一声"谢谢",木零把脑袋略微抬起了一些:"你恨我吗?"

"恨过,是你偷走我的记忆,怎么会不恨呢?"光芒说,"但是,现在,我很高兴,因为我找回了它们。更重要的是,我知道,我心里留着的东西是什么了。"

"是什么?"

"是一颗眼泪。"

眼泪?

"而且我知道是谁留的了。"

"谁?"

"你!你最后一次到我心里,流下过一颗眼泪。留在我心里的,就是它——你的眼泪啊。"

木零的眼里,"呼"地又涌出泪来。

"我决定不还给你了,这颗眼泪,我很喜欢。我可以带走它吗?"光芒眨着熠熠发亮的眼睛恳求道。

"可以的。"木零愉快起来,"当然可以,为什么不可以呢?"

天亮的时候,光芒走了,傻路路们的搬家行动从这个早上开始。

木零,再见!

光芒,再见!

也许,永不能再见了。

但是就在那个很冷的夜晚,木零的心找回了温暖的感觉。

打火匣

[丹麦] 安徒生　叶君健　译

公路上有一个兵在开步走——一,二!一,二!他背着一个行军袋,腰间挂着一把长剑,因为他已经参加过好几次战争,现在要回家去。他在路上碰见一个老巫婆:她是一个非常可憎的人物,她的下嘴唇垂到她的奶上。她说:"晚上好,兵士!你的剑真好,你的行军袋真大!你真是一个不折不扣的兵士!现在你喜欢有多少钱就可以有多少钱了。"

"谢谢你,老巫婆!"兵士说。

"你看到那棵大树了吗?"巫婆说,同时指着他旁边的一棵树。"那里面是空的。如果你爬到它的顶上去,就可以看到一个洞口。你从那儿朝下一溜,就可以深深地钻进树身里去。我在你腰上系一根绳子,这样,你喊我的时候,我便可以把你拉上来。"

"我到树底下去干什么呢?"兵士问。

"取钱呀,"巫婆回答说,"请听我说,你钻进树底下去,就会看到一个大厅。那儿很亮,因为那里点着几百盏明灯。你会看到三个门,都可以打开,因为钥匙就在门锁里。你走进第一个房间,可以看到当中有一口大箱子,上面坐着一只狗,它的眼睛非常大,像一对茶杯。可是你不要管它!我可以把我蓝格子布的围裙给你。你把它铺在地上,然后赶快走过去,把那只狗抱起来,放在我的围裙上。然后你就把箱子打开,你想要多少钱就取出多少钱。这些钱都是铜铸的。如果你想取得银铸的钱,就得走进第二个房间里去。不过那儿坐着一只狗,它的眼睛有水车轮那么大。可是你不要去理它。你把它放在我的围裙上,然后把钱取出来。可是,如果你想得到金子铸的钱,你也可以达到目的。你拿得动多少就可以拿多少——假如你到第三个房间里去的话。不过坐在这钱箱上的那只狗的一对眼睛,可有'圆塔'那么大呀。你要知道,它是一只凶猛的狗!可是你一点也不必害怕。你只需把它放在我的围裙上,它就不会伤害你了。你从那个箱子里能够取出多少金子来,就取出多少来吧。"

"这倒很不坏,"兵士说,"不过我拿什么东西来酬谢你呢,老巫婆?我想你不会什么也不要吧。"

"不要,"巫婆说,"我一个铜板也不要。我只要你替我把那个旧打火匣取出来。那是我祖母上次下去时忘掉在那里面的。"

"好吧!请你把绳子系到我腰上吧。"兵士高声说。

"好吧,"巫婆说,"把我的蓝格子围裙拿去吧。"

兵士爬上树,一下子就溜进那个洞口里去了。正如老巫婆说的一样,他现在来到了一个点着几百盏灯的大厅里。

他打开第一道门。哎呀!果然有一只狗坐在那儿,眼睛有茶杯那么大,直瞪着他。

"你这个好家伙!"兵士说。于是他就把它抱到巫婆的围裙上。然后他就取出了许多铜板,他的衣袋能装多少就装多少。他把箱子锁好,把狗儿又放到上面,接着他就走进第二个房间里去。哎呀!这儿坐着一只狗,眼睛大得简直像一对水车轮。

"你不应该这样死盯着我,"兵士说,"这样你就会弄坏你的眼睛的。"他把狗儿抱到女巫的围裙上。当他看到箱子里有那么多的银币的时候,他就把所有的铜板都扔掉,把自己的衣袋和行军袋全装满了银币。随后他就走进第三个房间——乖乖,这可真有点吓人!这儿的一只狗,两只眼睛真正有"圆塔"那么大!它们在脑袋里转动着,简直像轮子!

"晚上好!"兵士说。他把手举到帽子边上行了个礼,因为他以前从来没有看见过这样的一只狗儿。不过,他对它瞧了一会儿以后,心里就想,"现在差不多了。"他把它抱下来放到地上。于是他就打开箱子。老天爷啊!那里面的金子真够多!他可以用这金子把整个的哥本哈根买下来,他可以把卖糕饼女人所有的糖猪都买下来,他可以把全世界的锡兵啦、马鞭啦、可摇动的木马啦,全部都买下来。是的,钱可真是不少——兵士把他衣袋和行军袋里满装着的银币全都倒出来,把金子装进去。是的,他的衣袋,他的行军袋,他的帽子,他的皮靴全都装满了,他几乎连走也走不动了。现在他的确有钱了。他把狗儿又放到箱子上去,锁好了门,在树里朝上面喊一声:"把我拉上来呀,老巫婆!"

"你取到打火匣没有?"巫婆问。

"一点也不错!"兵士说,"我把她忘得一干二净。"于是他又走下去,把打火匣取来。巫婆把他拉了出来。所以他现在又站在大路上了。他的衣袋、皮靴、行军袋、帽子,全都盛满了金币。

"你要这打火匣有什么用呢?"兵士问。

"这与你没有什么相干,"巫婆反驳他说,"你已经得到了钱,你只消把打火匣交给我好了。"

"废话!"兵士说,"你要它有什么用,请你马上告诉我。不然我就抽出剑来,把你的头砍掉。"

"我可不能告诉你!"巫婆说。

兵士一下子就把她的头砍掉了。她倒了下来!他把所有的钱都包在她的围裙里,像一捆东西似的背在背上;然后把那个打火匣放在衣袋里,一直向城里走去。

这是一个顶漂亮的城市!他住进一个最好的旅馆里去,开了最舒服的房间,叫了他最喜欢的酒菜,因为他现在发了财,有的是钱。替他擦皮靴的那个茶房觉得,像他这样一位有钱的绅士,他的这双皮靴真是旧得太离谱了。但是新的他还来不及买。第二天他买到了合适的靴子和漂亮的衣服。现在我们的这位兵士成了一个焕然一新的绅士了。大家把城里所有的一切事情都告诉他,告诉他关于国王的事情,告诉他这国王的女儿是一位非常美丽的公主。

"在什么地方可以看到她呢?"兵士问。

"谁也不能见到她,"大家齐声说,"她住在一幢宽大的铜宫里,周围有好几道墙和好几座塔。只有国王本人才能在那儿自由进出,因为从前曾经有过一个预言,说她将会嫁给一个普通的士兵,这可叫国王忍受不了。"

"我倒想看看她呢,"兵士想。不过他得不到许可。他现在生活得很愉快，常常到戏院去看戏，驾马车到国王的花园里去兜风，送许多钱给穷苦的人们。这是一种良好的行为，因为他自己早已体会到，没有钱是多么可怕的事！现在他有钱了，有华美的衣服穿，交了很多朋友。这些朋友都说他是一个稀有的人物，一位豪侠之士。这类话使这个兵士听起来非常舒服。不过他每天只是把钱花出去，却赚不进一个来，所以最后他只剩下两个铜板了。因此他就不得不从那些漂亮房间里搬出来，住到顶层的一间阁楼里去。同时他也只好自己擦自己的皮靴，自己用缝针补自己的皮靴了。他的朋友谁也不来看他了，因为走上去要爬很高的梯子。

有一天晚上天很黑，他连一根蜡烛也买不起。这时他忽然记起，自己还有一根蜡烛头装在那个打火匣里——就是巫婆帮助他到那空树底下取出来的那个打火匣。他把那个打火匣和蜡烛头取出来。当他在火石上擦了一下，火星一冒出来的时候，房门忽然自动地开了，他在树底下所看到的那条眼睛有茶杯大的狗儿就在他面前出现了。它说：

"我的主人，有什么吩咐？"

"这是怎么回事儿？"兵士说，"这真是一个了不起的打火匣。如果我能这样得到我想要的东西倒好呢！替我弄几个钱来！"他对狗儿说。于是"嘘"的一声，狗儿就不见了。一会儿，又是"嘘"的一声，狗儿嘴里衔着一大口袋的钱回来了。

现在兵士才知道这是一个多么美妙的打火匣。只要他把它擦一下，那只坐在盛有铜钱的箱子上的狗儿就来了；要是他擦它两下，那只有银子的狗儿就来了；要是他擦三下，那只有金子的狗儿就出现了。现在这个兵士又搬到那几间华美的房间里去住，又

穿起漂亮的衣服来了。他所有的朋友马上又认得他了，并且还非常关心起他来。

有一次他心中想："人们不能去看那位公主，也可算是一桩怪事。大家都说她很美，不过，假如她老是独住在那有许多塔楼的铜宫里，那有什么意思呢？难道我就看不到她一眼吗——我的打火匣在什么地方？"他擦出火星，马上"嘘"的一声，那只眼睛像茶杯一样大的狗儿就跳出来了。

"现在是半夜了，一点也不错，"兵士说，"不过我倒很想看一下那位公主哩，哪怕一会儿也好。"

狗儿立刻就跑到门外去了。出乎这兵士的意料，它一会儿就带着公主回来了。她躺在狗的背上，已经睡着了。谁都可以看出她是一个真正的公主，因为她非常好看。这个兵士忍不住要吻她一下，因为他是一个不折不扣的兵士呀。

狗儿又带着公主回去了，但是天亮以后，当国王和王后正在饮茶的时候，公主说她在晚上做了一个很奇怪的梦，梦见一只狗和一个兵士，她自己骑在狗身上，那个兵士吻了她一下。

"这倒是一个很好玩的故事呢！"王后说。

因此，第二天夜里有一个老宫女就守在公主的床边，来看看这究竟是梦呢，还是什么别的东西。

那个兵士非常想再一次看到这位可爱的公主。因此狗儿晚上又来了，背起她，尽快地跑走了。那个老宫女立刻穿上套鞋，以同样快的速度在后面追赶。当她看到他们跑进一幢大房子里去的时候，她想："我现在可知道这块地方了。"她就在这门上用白粉笔画了一个大十字，随后她就回去睡觉了。不久狗儿把公主送回来了；不过当它看见兵士住的那幢房子的门上画有一个十字的时候，它也取一支粉笔来，在城里所有的门上都画了一个十字。这件事做得很聪明，因为所有的门上都有了十字，那个老宫女就找不到正确的地方了。

早晨，国王、王后、那个老宫女以及所有的官员很早就都来了，要去看看公主所到过的地方。

当国王看到第一个画有十字的门的时候，他就说："就在这儿！"

但是王后发现另一个门上也有个十字，所以她说："不对，亲爱的丈夫，是在这儿呀！"

这时大家都齐声说："那儿有一个！那儿有一个！"因为他们无论朝什么地方看，都发现门上画有十字。所以他们觉得，如果再找下去，也不会得到什么结果。

不过王后是一个非常聪明的女人。她不仅只会坐四轮马车，而且还能做一些别的事情。她取来一把金剪刀，把一块绸子剪成几片，缝了一个很精致的小袋，在袋里装满了很细的荞麦粉。她把这小袋系在公主的背上。这样布置好了以后，王后就在袋子上剪了一个小口，好叫公主走过的路上，都撒上细粉。

晚间狗儿又来了。它把公主背到背上，带着她跑到兵士那儿去。这个兵士现在非常爱她；他倒很想成为一位王子，和她结婚呢。

狗儿完全没有注意到，荞麦粉已经从王宫那儿一直撒到兵士那间屋子的窗上——它就是在这儿背着公主沿着墙爬进去的。早晨，国王和王后已经看得很清楚，知道他们的女儿曾经到什么地方去过。他们把那个兵士抓来，关进了牢里。

他现在坐在牢里了。嗨，那里面可够黑暗和闷人的！人们对他说:"明天你就要上绞架了。"这句话听起来可真不是好玩的,而且他把打火匣也忘掉在旅馆里了。第二天早晨,他从小窗的铁栏杆里望见许多人拥出城来看他上绞架。他听到鼓声,看到兵士们开步走。所有的人都在向外面跑。在这些人中间有一个鞋匠的学徒。他还穿着皮围裙和一双拖鞋。他跑得那么快,连他的一双拖鞋也飞走了,撞到一堵墙上。那个兵士就坐在那儿,在铁栏杆后面朝外望。

"喂,你这个鞋匠的小鬼!你不要这么急呀!"兵士对他说,"在我没有到场以前,没有什么好看的呀。不过,假如你跑到我住的那个地方去,把我的打火匣取来,我可以给你四块钱。但是你得使劲地跑一下才行。"

这个鞋匠的学徒很想得到那四块钱,所以拔腿就跑,把那个打火匣取来,交给这兵士,同时——唔,我们马上就可以知道事情起了什么变化。

在城外面,一架高大的绞架已经竖起来了。它的周围站着许多兵士和成千上万的老百姓。国王和王后,面对着审判官和全部陪审的人员,坐在一个华丽的王座上面。

那个兵士已经站到梯子上来了。不过,当人们正要把绞索套到他脖子上的时候,他说,一个罪人在接受他的处罚以前,可以有一个无罪的要求,人们应该让他得到满足:他非常想抽一口烟,而且这可以说是他在这世界上抽的最后一口烟了。

对于这要求,国王不愿意说一个"不"字。所以兵士就取出了他的打火匣,擦了几下火。一——二——三!忽然三只狗儿都跳出来了——一只有茶杯那么大的眼睛,一只有水车轮那么大的眼睛，还有一只的眼睛简直有"圆塔"那么大。

"请帮助我，不要叫我被绞死吧！"兵士说。

这时这几只狗儿就向法官和全体审判人员扑来，拖着这个人的腿儿，咬着那个人的鼻子，把他们扔向空中有好几丈高，他们落下来时都跌成了肉酱。

"不准这样对付我！"国王说。不过最大的那只狗儿还是拖住他和他的王后，把他们跟其余的人一起乱扔，所有的兵士都害怕起来。老百姓也都叫起来："小兵，你做咱们的国王吧！你跟那位美丽的公主结婚吧！"

这么着，大家就把这个兵士拥进国王的四轮马车里去。那三只狗儿就在他面前跳来跳去，同时高呼："万岁！"孩子用手指吹起口哨来；兵士们敬起礼来。那位公主走出她的铜宫，做了王后，感到非常满意。结婚典礼举行了足足一个星期。那三只狗儿也上桌子坐了，把眼睛睁得比什么时候都大。

住在诗歌里面

一首好的诗歌能给人们带来美的享受，从中我们也可以了解别样的世界和别样的人生，在一种不期而遇的独特体验中享受那偶然得来的愉悦；或者因为似曾相识的人生，勾起些许美好的回忆。读一首好诗，就像聆听一首温馨的歌谣，让人在感动中享受着一种挥之不去的欣喜。

黄鹂

徐志摩

一掠颜色飞上了树。
"看,一只黄鹂!"有人说。
翘着尾尖,
它不作声,
艳异照亮了浓密
——像是春光,火焰,像是热情。

等候它唱,

我们静着望,怕惊了它。

但它一展翅,

冲破浓密,化一朵彩云;

它飞了,不见了,

没了

——像是春光,火焰,像是热情。

孩子夜里的幻想

[英]罗伯特·斯蒂文森　屠岸、方谷绣　译

妈妈灭了灯，黑夜来临，
整夜整夜，一直到天亮，
我老是看见人们在行军，
看得分明，像白天一样。
武装的军队，帝王的将相，
全都在行进，威武堂皇，
手拿各种各样的东西，
白天你从没见过这景象。

即使是大马戏团在草坪,
也从没演得这么漂亮。
我见到各种野兽各种人,
全都结队行军向前方。
开始的时候,慢慢移动,
到后来,他们越走越匆忙,
我一步不离,紧挨着他们,
终于我们全进入了梦乡。

我是一个可大可小的人

任溶溶

我不是个童话里的人物,
可连我都莫名其妙:
我这个人忽然可以很大,
忽然又会变得很小。

妈妈爸爸上普陀山去玩。
我说:"带我去好不好?"
他们异口同声回答我说:
"你不能去!
你还太小!"

妈妈到了临出门的时候,
嘱咐我个没完没了:
"你在家里要听姥姥的话,
你这个人已经不小!"

爸爸回过头来,看了看我,
得意洋洋,背上背包:
"不错,你都已经很大很大,
在家应该帮助姥姥!"

请大家看,事情就是这样,
说变就变,实在太妙:
我这个人忽然可以很大,
忽然可以非常之小。

纸 船

冰心

——寄母亲

我从不肯妄弃了一张纸，
总是留着——留着，
叠成一只一只很小的船，
在舟上抛下在海里。

有的被天风吹卷到舟中的窗里，
有的被海浪打湿，沾在船头上。

我仍是不灰心地每天的叠着，

总希望有一只能流到我要它到的地方去。

母亲，倘若你在梦中看见一只很小的白船儿，

不要惊讶它无端入梦。

这是你至爱的女儿含着泪叠的，

万水千山，求它载着她的爱和悲哀归去。

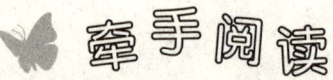
牵手阅读

  粼粼的海波，澎湃的海潮，复苏了诗人的童心。1923年夏天，23岁的冰心在上海乘约克逊号邮船到美国留学。离上海后10天，在船上，面对波澜壮阔的大海，诗人情不自禁地想起逝去的母亲，叠了一只只纸船，让它载着自己对母亲深深的思念，流向那片属于母亲的天地。全诗饱含着对母亲的思念和呼唤，用纸船向人们展现了游子在外漂泊、无依无靠的形象，同时也向人们昭示了作者思念祖国的一颗赤子之心。

亲近自然好不好

大自然的美丽，让人心旷神怡；大自然的神奇，让人叹为观止。大自然赐予我们生命与灵感，它是美的源泉，它是生命的象征。在自然中，和风细雨的温文尔雅，草长莺飞的鸟语花香，五彩蝴蝶的翩跹起舞，都谱写着一曲和谐的乐章。

小溪流的歌

严文井

小溪流有一个歌,是永远唱不完的。

一条快活的小溪流哼哼唱唱,不分日夜地向前奔流。山谷里总是不断响着他歌唱的回声。太阳出来了,太阳向着他微笑。月亮出来了,月亮也向着他微笑。在他清亮的眼睛里,世界上所有的东西都像他自己一样新鲜、快乐。他不断向他所遇到的东西打招呼,对他们说:"你好,你好!"

小溪流一边奔流,一边玩耍。他一会儿拍拍岸边五颜六色的卵石,一会儿摸摸沙地上才伸出脑袋来的小草。他一会儿让那些漂浮着的小树叶打个转儿,一会儿挠挠那些追赶他的小蝌蚪的痒痒。小树叶不害怕,轻轻转了两个圈儿,就又往前漂。小蝌蚪可有些怕痒,就赶快向岸边游;长了小腿的蝌蚪还学青蛙妈妈慌张地蹬开了腿。

小溪流笑着往前跑。有巨大的石块拦住他的去路,他就轻轻跳跃两下,一股劲儿冲了下去。什么也阻止不了他的奔流。他用清亮的嗓子歌唱，山谷里不断响着的回声也是清脆的，叫人听了就会忘记疲劳和忧愁。

小溪流在狭长的山谷里奔流了很久，后来来到了一个拐弯的地方。那里有一截枯树桩，还有一小片枯黄的草。枯树桩年纪很老，枯黄的草也不年轻。他们天天守在一起，就是发牢骚。他们觉得什么都不合适，什么都没有意思。后来连牢骚也没有新的了，剩下来的只有叹气。他们看着活泼愉快的小溪流奔流过来，觉得很奇怪，就问他：

"喂，小溪流！这么高兴，到哪儿去呀？"

小溪流回答：

"到前面去，自然是到前面去呀。"

枯树桩叹口气说：

"唉，唉！忙什么呀，歇会儿吧！"

枯黄的草也叹口气说：

"唉，唉！累坏了可不是玩儿的，就在这儿待下来吧，这儿虽然不太好，可也还不错。"

小溪流看着他们笑了笑：

"为什么呀？就不！不能够停留！"

一转眼小溪流就把他们丢在后面了，他又不住地往前奔流。前面出现了村庄。村庄里有水磨等着他去转动。

小溪流就这样不知疲倦地奔流，奔流，渐渐又有些旁的小溪流来同他会合在一起，小溪流就长大了。

于是，由小溪流长成的一条小河，沙声地歌唱着，不分早晚地向前奔流。他精神旺盛，精力饱满，向着两边广阔的原野欢呼。

他翻腾起水底沉淀的泥沙,卷起漂浮的枯树枝,激烈地打着回旋。他兴致勃勃地推送着木排,托起沉重的木船向前航行。什么也阻止不住他的前进。前面有石滩阻碍他,他就大声吼叫着冲过去。小河就这样奔流,不断向前奔流。

有一只孤独的乌鸦懒懒地跟着他飞行了一阵。乌鸦看见小河总是这样活跃,这样匆忙,觉得很奇怪,就忍不住问:

"喂,小河!这么忙,到哪儿去呀?"

小河回答:

"到前面去呀。"

乌鸦往下飞,贴近了他,恐吓他说:

"嘿,别高兴!还是考虑考虑吧,前面没有好玩意儿。"

小河没忘记自己原来是小溪流,他笑了一笑:

"为什么?才不听你的咧!就不能停留!"

乌鸦生了气,一下说不出话来,就只叫:

"呀!呀!呀!"

小河很快就把乌鸦丢在后面,又不住地往前奔流。前面出现了水闸,等着他去推动发电机。小河高高兴兴地做了一切他该做的工作。再前面又出现了城市。

小河不知疲倦地奔流,奔流,就这样先先后后又有些旁的小河同他汇集在一起,小河就长大了。

于是,一条大江低声吟唱着,不分时刻地向前奔流。他变得十分强壮,积蓄了巨大无比的精力。他眺望着远远隐在白云里的山峰,以洪亮而低沉的胸音向他们打招呼。他不费力就掀起一阵阵汹涌的波涛,他沉着地举起庞大的轮船,帮助他们迅速航行。

他负担着许多,可是他不感觉有什么负担。大江就这样奔流,不断向前奔流。

那些被波浪卷起,跟随大江行进的泥沙却感到累了,问:

"喂,大江!老这么跑,到底要往什么地方去呀?"

大江回答:

"还要到前面去呀。"

疲乏得喘不过气的泥沙愤愤地说:

"'前面','前面'!哪有那么多'前面'!已经走得差不多了,还是歇口气吧!"

大江的记性很好,他没有忘记自己原来是小溪流,轻轻地笑了笑:

"为什么?不行!不能停留!"

泥沙带着怨恨,偷偷地沉下去了,可是大江还是不住地奔流。许多天就好像一天,许多月就好像一个月,他经过了无数繁荣的城市和无数富足的乡村,为人们做了无数事情,最后终于来到了海口。

大江还是不知道疲倦是怎么一回事;他奔流着,奔流着,永远向着前方。

于是,无边无际的蓝色海洋在欢乐地动荡着。海洋翻腾起白色的泡沫,强烈地向着四方欢唱。他是这样复杂,又是这样单纯;是这样猛烈,又是这样柔和。他一秒钟也不停止自己的运动。

在海底,有一只爬满了贝壳的、朽烂得只剩一层发锈的铁壳的沉船,他早已不耐烦海洋这无休无止的晃动了,悄悄地问:

"可以休息了吧,可以休息了吧?"

海洋记得住一切,他以和小溪流同样清亮的嗓子回答:

"休息?为什么?那可不成!"

他的无穷尽的波浪就这样一起一伏,没有头,也没有尾。月亮出来了,月亮向着他微笑。太阳出来了,太阳也向着他微笑。海洋感觉到整个世界,所有的东西都好像近在他的身边。海洋更加激起了自己的热情。他不断涌起来,向上,向前,向着四面八方。无数圆溜溜的小水珠就跳跃起来,离开了他,一边舞蹈,一边飞向纯洁的天空。

巨大的海洋唱着小小的溪流的歌:

"永远不休息,永远不休息!"

小溪流的歌就是这样无尽无止,他的歌是永远唱不完的。

故都的秋

郁达夫

秋天，无论在什么地方的秋天，总是好的；可是啊，北国的秋，却特别地来得清，来得静，来得悲凉。我的不远千里，要从杭州赶上青岛，更要从青岛赶上北平来的理由，也不过想饱尝一尝这"秋"，这故都的秋味。

江南，秋当然也是有的，但草木凋得慢，空气来得润，天的颜色显得淡，并且又时常多雨而少风；一个人夹在苏州上海杭州，或厦门香港广州的市民中间，混混沌沌地过去，只能感到一点点清凉，秋的味，秋的色，秋的意境与姿态，总看不饱，尝不透，赏玩不到十足。秋并不是名花，也并不是美酒，那一种半开、半醉的状态，在领略秋的过程上，是不合适的。

不逢北国之秋，已将近十余年了。在南方每年到了秋天，总要想起陶然亭的芦花，钓鱼台的柳影，西山的虫唱，玉泉的夜月，潭柘寺的钟声。在北平即使不出门去吧，就是在皇城人海之中，租人家一椽破屋来住着，早晨起来，泡一碗浓茶，向院子一坐，你也能看得到很高很高的碧绿的天色，听得到青天下驯鸽的飞声。从槐树叶底，朝东细数着一丝一丝漏下来的日光，或在破壁腰中，静对着像喇叭似的牵牛花的蓝朵，自然而然地也能够感觉到十分的秋意。说到了牵牛花，我以为以蓝色或白色者为佳，紫黑色次之，淡红色最下。最好，还要在牵牛花底，教长着几根疏疏落落的尖细且长的秋草，使作陪衬。

北国的槐树，也是一种能使人联想起秋来的点缀。像花而又不是花的那一种落蕊，早晨起来，会铺得满地。脚踏上去，声音也没有，气味也没有，只能感出一点点极微细极柔软的触觉。扫街的在树影下一阵扫后，灰土上留下来的一条条扫帚的丝纹，看起来既觉得细腻，又觉得清闲，潜意识下并且还觉得有点儿落寞，古人所说的梧桐一叶而天下知秋的遥想，大约也就在这些深沉的地方。

秋蝉的衰弱的残声，更是北国的特产，因为北平处处全长着树，屋子又低，所以无论在什么地方，都听得见它们的啼唱。在南方是非要上郊外或山上去才听得到的。这秋蝉的嘶叫，在北方可和蟋蟀耗子一样，简直像是家家户户都养在家里的家虫。

还有秋雨哩，北方的秋雨，也似乎比南方的下得奇，下得有味，下得更像样。

在灰沉沉的天底下，忽而来一阵凉风，便息列索落地下起雨来了。一层雨过，云渐渐地卷向了西去，天又晴了，太阳又露出脸来了，穿着很厚的青布单衣或夹袄的都市闲人，咬着烟管，在雨后的斜桥影里，上桥头树底下去一立，遇见熟人，便会用了缓慢悠闲的声调，微叹着互答着地说：

"唉，天可真凉了——"（这了字念得很高，拖得很长。）

"可不是吗？一层秋雨一层凉了！"

北方人念阵字，总老像是层字，平平仄仄起来，这念错的歧韵，倒来得正好。

北方的果树，到秋天，也是一种奇景。第一是枣子树，屋角，墙头，茅房边上，灶房门口，它都会一株株地长大起来。像橄榄又像鸽蛋似的这枣子颗儿，在小椭圆形的细叶中间，显出淡绿微黄的颜色的时候，正是秋的全盛时期，等枣树叶落，枣子红完，西北风就要起来了，北方便是沙尘灰土的世界，只有这枣子、柿子、葡萄，成熟到八九分的七八月之交，是北国的清秋的佳日，是一年之中最好也没有的 Golden Days①。

有些批评家说，中国的文人学士，尤其是诗人，都带着很浓厚的颓废的色彩，所以中国的诗文里，赞颂秋的文字的特别的多。但外国的诗人，又何尝不然？我虽则外国诗文念得不多，也不想开出账来，做一篇秋的诗歌散文钞②，但你若去一翻英德法意等诗人的集子，或各国的诗文的 Anthology③来，总能够看到许多并于秋的歌颂和悲啼。各著名的大诗人的长篇田园诗或四季诗里，也总以关于秋的部分，写得最出色而最有味。足见有感觉的动物，有情趣的人类，对于秋，总是一样地特别能引起深沉、幽远、严厉、萧索的感触来的。不单是诗人，就是被关闭在牢狱里的囚犯，到了秋天，我想也一定能感到一种不能自已的深情，秋之于人，

---

① Golden Days：英语中指"黄金般的日子"。
② 钞：同"抄"。
③ Anthology：英语中指"选集"。

何尝有国别,更何尝有人种阶级的区别呢?不过在中国,文字里有一个"秋士"的成语,读本里又有着很普遍的欧阳子的《秋声》与苏东坡的《赤壁赋》等,就觉得中国的文人,与秋的关系特别深了,可是这秋的深味,尤其是中国的秋的深味,非要在北方,才感受得到底。

南国之秋,当然也是有它的特异的地方的,比如廿四桥的明月、钱塘江的秋潮、普陀山的凉雾、荔枝湾的残荷等等,可是色彩不浓,回味不永。比起北国的秋来,正像是黄酒之与白干,稀饭之与馍馍,鲈鱼之与大蟹,黄犬之与骆驼。

秋天,这北国的秋天,若留得住的话,我愿把寿命的三分之二折去,换得一个三分之一的零头。

花的学校

[印] 泰戈尔　郑振铎 译

当雷云在天上轰响,六月的阵雨落下的时候,

润湿的东风走过荒野,在竹林中吹着口笛。

于是一群一群的花从无人知道的地方突然跑出来,在绿草上狂欢地跳着舞。

妈妈,我真的觉得那群花朵是在地下的学校里上学。

他们关了门做功课,如果他们想在散学以前出来游戏,他们的老师是要罚他们站壁角的。

雨一来,他们便放假了。

树枝在林中互相碰触着,绿叶在狂风里萧萧地响着,雷云拍着大手,花孩子们便在那时候穿了紫的、黄的、白的衣裳,冲了出来。

你可知道,妈妈,他们的家是在天上,在星星所住的地方。

你没有看见他们怎样地急着要到那儿去吗?你不知道他们为什么那样急急忙忙吗?

我自然能够猜得出他们是对谁扬起双臂来：他们也有他们的妈妈，就像我有我自己的妈妈一样。

牵手阅读

润湿的东风走过荒野，在竹林中吹着口笛，花孩子们则穿了各色衣裳从花的学校里冲出来欢快地游戏。大自然任性地欢闹后，又露出了它清新、活泼的脸儿，浑身都充满了和谐的喜悦，这就是诗人用爱的魔棒所点化出来的美丽的大自然。这首诗，诗人用拟人的手法对自由进行了赞美，对呆板的没有游戏的教育进行了否定。

内蒙风光(节选)

老舍

1961年夏天,我们——作家、画家、音乐家、舞蹈家、歌唱家等共二十来人,应内蒙古自治区乌兰夫同志的邀请,由中央文化部、民族事务委员会和中国文联进行组织,到内蒙古东部和西部参观访问了八个星期。陪同我们的是内蒙古文化局的布赫同志。他给我们安排了很好的参观程序,使我们在不甚长的时间内看到林区、牧区、农区、渔场、风景区和工业基地;也看到了一些古迹、学校和展览馆;并且参加了各处的文艺活动,交流经验,互相学习。到处,我们都受到领导同志们和各族人民的欢迎与帮助,十分感激!

以上作为小引。下面我愿分段介绍一些内蒙风光。

林 海

这说的是大兴安岭。自幼就在地理课本上见到过这个山名,并且记住了它,或者是因为"大兴安岭"四个字的声音既响亮,又含有兴国安邦的意思吧。是的,这个悦耳的名字使我感到亲切、舒服。可是,那个"岭"字出了点岔子:我总以为它是奇峰怪石,高不可攀的。这回,有机会看到它,并且进到原始森林里边去,脚落在千年万年积累的几尺厚的松针上,手摸到那些古木,才真的证实了那种亲切与舒服并非空想。

对了,这个"岭"字,可跟秦岭的"岭"字不大一样。岭的确很多,高点的,矮点的,长点的,短点的,横着的,顺着的,可是没有一条使人想起"云横秦岭"那种险句。多少条岭啊,在疾驰的火车上看了几个钟头,既看不完,也看不厌。每条岭都是那么温柔,虽然下自山脚,上至岭顶,长满了珍贵的林木,可是谁也不孤峰突起、盛气凌人。

目之所及,哪里都是绿的。的确是林海。群岭起伏是林海的波浪。多少种绿颜色呀:深的,浅的,明的,暗的,绿得难以形容,绿得无以名之。我虽诌了两句:"高岭苍茫低岭翠,幼林明媚母林幽",但总觉得离眼前实景还相差很远。恐怕只有画家才能够写下这么多的绿颜色来吧?

兴安岭上千般宝,第一应夸落叶松。是的,这是落叶松的海洋。看,"海"边上不是还有些白的浪花吗?那是些俏丽的白桦,树干是银白色的。在阳光下,一片青松的边沿,闪动着白桦的银裙,不像海边上的浪花吗?

两山之间往往流动着清可见底的溪河,河岸上有多少野花呀。我是爱花的人,到这里我却叫不出那些花的名儿来。兴安岭多么会打扮自己呀:青松做衫,白桦为裙,还穿着绣花鞋呀。连树与树之间的空隙也不缺乏色彩:在松影下开着各种的小花,招来各色的小蝴蝶——它们很亲热地落在客人的身上。花丛里还隐藏着像珊瑚珠似的小红豆，兴安岭中酒厂所造的红豆酒就是用这些小野果酿成的，味道很好。

就凭上述的一些风光，或者已经足以使我们感到兴安岭的亲切可爱了。还不尽然：谁进入岭中，看到那数不尽的青松白桦，能够不马上向四面八方望一望呢？有多少省份用过这里的木材呀！大至矿井、铁路，小至桌椅、橡柱，有几个省市的建设与兴安岭完全没有关系呢？这么一想，"亲切"与"舒服"这种字样用来就大有根据了。所以，兴安岭越看越可爱！是的，我们在图画中或地面上看到奇山怪岭，也会发生一种美感，可是，这种美感似乎是起于惊异与好奇。兴安岭的可爱，就在于它美得并不空洞。它的千山一碧，万古长青，又恰好与广厦、良材联系起来。于是，它的美丽就与建设结为一体，不仅使我们拍掌称奇，而且叫心中感到温暖，因而亲切、舒服。

哎呀，是不是误投误撞跑到美学问题上来了呢？假若是那样，我想：把美与实用价值联系起来，也未必不好。我爱兴安岭，也更爱兴安岭与我们生活上的亲切关系。它的美丽不是孤立的，而是与我们的建设分不开的。它使不远千里而来的客人感到应当爱护它，感谢它。

及至看到林场，这种亲切之感便更加深厚了。我们伐木取材，也造林护树，左手砍，右手栽。我们不仅取宝，也作科学研究，使林海不但能够万古长青，而且百计千方，综合利用。山林中已有了不少的市镇，给兴安岭添上了新的景色，添上了愉快的劳动歌声。人与山的关系日益密切，怎能够使我们不感到亲切、舒服呢？我不晓得当初为什么管它叫兴安岭，由今天看来，它的确含有兴国安邦的意义了。

草　原

自幼就见过"天苍苍，野茫茫，风吹草低见牛羊"这类的词句。这曾经发生过不太好的影响，使人怕到北边去。这次，我看到了草原。那里的天比别处的天更可爱，空气是那么清鲜，天空是那么明朗，使我总想高歌一曲，表示我的愉快。在天底下，一碧千里，而并不茫茫。四面都有小丘，平地是绿的，小丘也是绿的。羊群一会儿上了小丘，一会儿又下来，走在哪里都像给无边的绿毯绣上了白色的大花。那些小丘的线条是那么柔美，就像没骨画那样，只用绿色渲染，没有用笔勾勒，于是，到处翠色欲流，轻轻流入云际。这种境界，既使人惊叹，又叫人舒服，既愿久立四望，又想坐下低吟一首奇丽的小诗。在这境界里，连骏马与大牛都有时候静立不动，好像回味着草原的无限乐趣。紫塞，紫塞，谁说的？

这是个翡翠的世界。连江南也未必有这样的景色啊！

我们访问的是陈巴尔虎旗的牧业公社。汽车走了一百五十华里，才到达目的地。一百五十里全是草原。再走一百五十里，也还是草原。草原上行车至为洒脱，只要方向不错，怎么走都可以。初入草原，听不见一点声音，也看不见什么东西，除了一些忽飞忽落的小鸟。走了许久，远远地望见了迂回的，明如玻璃的一条带子。河！牛羊多起来，也看到了马群，隐隐有鞭子的轻响。快了，快到公社了。忽然，像被一阵风吹来的，远丘上出现了一群马,马上的男女老少穿着各色的衣裳,马疾驰,襟飘带舞,像一条彩虹向我们飞过来。这是主人来到几十里外,欢迎远客。见到我们,主人们立刻拨转马头,欢呼着,飞驰着,在汽车左右与前面引路。静寂的草原,热闹起来:欢呼声,车声,马蹄声,响成一片。车、马飞过了小丘,看见了几座蒙古包。

蒙古包外,许多匹马,许多辆车。人很多,都是从几十里外乘马或坐车来看我们的。我们约请了海拉尔的一位女舞蹈员给我们做翻译。她的名字漂亮——水晶花。她就是陈旗的人,鄂温克族。主人们下了马,我们下了车。也不知道是谁的手,总是热乎乎地握着,握住不散。我们用不着水晶花同志给做翻译了。大家的语言不同,心可是一样。握手再握手,笑了再笑。你说你的,我说我的,总的意思都是民族团结互助!也不知怎的,就进了蒙古包。奶茶倒上了,奶豆腐摆上了,主客都盘腿坐下,谁都有礼貌,谁都又那么亲热,一点不拘束。不大会儿,好客的主人端进来大盘子的手抓羊肉和奶酒。公社的干部向我们敬酒,七十岁的老翁向我们敬酒。正是:祝福频频难尽意,举杯切切莫相忘!

我们回敬,主人再举杯,我们再回敬。这时候鄂温克姑娘们,戴着尖尖的帽儿,既大方,又稍有点羞涩,来给客人们唱民歌。我们同行的歌手也赶紧唱起来。歌声似乎比什么语言都更响亮,都更感人,不管唱的是什么,听者总会露出会心的微笑。

饭后,小伙子们表演套马,摔跤,姑娘们表演了民族舞蹈。客人们也舞的舞,唱的唱,并且要骑一骑蒙古马。太阳已经偏西,谁也不肯走。是呀!蒙汉情深何忍别,天涯碧草话斜阳!人的生活变了,草原上的一切都也随着变。就拿蒙古包说吧,从前每被呼为毡庐，今天却变了样，是用木条与草秆做成的，为是夏天住着凉爽，到冬天再改装。看那马群吧，既有短小精悍的蒙古马，也有高大的新种三河马。这种大马真体面，一看就令人想起"龙马精神"这类的话儿，并且想骑上它，驰骋万里。牛也改了种，有的重达千斤，乳房像小缸。牛肥草香乳如泉啊！并非浮夸。羊群里既有原来的大尾羊，也添了新种的短尾细毛羊，前者肉美，后者毛好。是的，人畜两旺，就是草原上的新气象之一。

渔　场

这些渔场既不在东海，也不在太湖，而是在祖国的最北边，离满洲里不远。我说的是达赉湖。若是有人不信在边疆的最北边还能够打鱼，就请他自己去看看。到了那里，他就会认识到祖国有多么伟大，而内蒙古也并不仅有风沙和骆驼，像前人所说的那样。内蒙古不是什么塞外，而是资源丰富的宝地，建设祖国必不可缺少的宝地！

据说，这里的水有多么深，鱼有多么厚。我们吃到湖中的鱼，非常肥美。水好，所以鱼肥。有三条河流入湖中，而三条河都经过草原，所以湖水一碧千顷——草原青未了，又到绿波前。湖上飞翔着许多白鸥。在碧岸、翠湖、青天、白鸥之间游荡着渔船，何等迷人的美景！

我们去游湖。开船的是一位广东青年，长得十分英俊，肩阔腰圆，一身都是力气。他热爱这座湖，不怕冬天的严寒，不管什么天南地北，兴高采烈地在这里工作。他喜爱文学，读过不少的文学名著。他不因喜爱文学而藏在温暖的图书馆里，他要碰碰北国冬季的坚冰，打出鱼来，支援各地。是的，内蒙古尽管有无穷的宝藏，若是没有人肯动手采取，便连鱼也会死在水里。可惜，我忘了这位好青年的姓名。我相信他会原谅我，他不会是因求名求利而来到这里的。

风景区

扎兰屯真无愧是塞上的一颗珍珠。多么幽美呀！它不像苏杭那么明媚，也没有天山万古积雪的气势，可是它独具风格，幽美得迷人。它几乎没有什么人工的雕饰，只是纯系自然的那么一些山川草木。谁也指不出哪里是一"景"，可是谁也不能否认它处处美丽。它没有什么石碑，刻着什么什么烟树，或什么什么奇观。它只是那么纯朴地，大方地，静静地，等待着游人。没有游人呢，也没大关系。它并不有意地装饰起来，向游人索要诗词。它自己便充满了最纯朴的诗情词韵。

四面都有小山，既无奇峰，也没有古寺，只是那么静静地在青天下绣成一个翠环。环中间有一条河，河岸上这里多些，那里少些，随便地长着绿柳白杨。几头黄牛，一小群白羊，在有阳光的地方低着头吃草，并看不见牧童。也许有，恐怕是藏在柳荫下钓鱼呢。河岸是绿的，高坡也是绿的。绿色一直接上了远远的青山。这种绿色使人在梦里也忘不了，好像细致地染在心灵里。绿草中有多少花呀。石竹，桔梗，还有许多说不上名儿的，都那么毫不矜持地开着各色的花，吐着各种香味，招来无数的凤蝶，闲散而又忙碌地飞来飞去。既不必找小亭，也不必找石磴，就随便坐在绿地上吧。风儿多么清凉，日光可又那么和暖，使人在凉暖之间，想闭上眼睡去，所谓"陶醉"，也许就是这样吧？夕阳在山，该回去了。路上到处还是那么绿，还有那么多的草木，可是总看不厌。这里有一片荞麦，开着密密的白花；那里有一片高粱，在微风里摇动着红穗。也必须立定看一看，平常的东西放在这里仿佛就与众不同。正是因为有些荞麦与高粱，我们才越觉得全部风景的自自然然，幽美而亲切。看，那间小屋上的金黄的大瓜哟！也得看好大半天，仿佛向来也没有看见过！

　　是不是因为扎兰屯在内蒙古，所以才把五分美说成十分呢？一点也不是！我们不便拿它和苏杭或桂林山水做比较，但是假若非比一比不可的话，最公平的说法便是各有千秋。"天苍苍，野茫茫"在这里就越发显得不恰当了。我并非在这里单纯地宣传美景，我是要指出，并希望矫正以往对内蒙古的那种不正确的看法。知道了一点实际情况，像扎兰屯的美丽，或者就不至于再一听到"口外""关外"等名词，便想起八月飞雪，万里流沙，望而生畏了。

　　　　原载于一九六一年十月十三日《人民日报》

林下的小语

戴望舒

走进幽暗的树林里,

人们在心头感到了寒冷。

亲爱的,在心头你也感到寒冷吗,

当你拥在我怀里,

而且把你的唇粘着我的时候?

不要微笑,亲爱的:

啼泣一些是温柔的,

啼泣吧,亲爱的,啼泣在我的膝上,

在我的胸头,在我的颈边:

啼泣不是一个短促的欢乐。

"追随我到世界的尽头。"
你固执地这样说着吗?
你说得多傻!你去追随天风吧!
我呢,我是比天风更轻,更轻,
是你永远追随不到的。
哦,不要请求我的心了!
它是我的,是只属于我的。
什么是我们的恋爱的纪念吗?
拿去吧,亲爱的,拿去吧,
这沉哀,这绛色的沉哀。